U0928804

桃花

布老虎中篇小说

金仁顺 著

北方联合出版传媒（集团）股份有限公司
春风文艺出版社
·沈阳·

图书在版编目（CIP）数据

桃花 / 金仁顺著．—沈阳：春风文艺出版社，2017.8

（布老虎中篇小说）

ISBN 978-7-5313-5297-6

Ⅰ．①桃…　Ⅱ．①金…　Ⅲ．①中篇小说—中国—当代　Ⅳ．①I247.5

中国版本图书馆CIP数据核字（2017）第174379号

北方联合出版传媒（集团）股份有限公司
春风文艺出版社出版发行
http://www. chunfengwenyi. com
沈阳市和平区十一纬路25号　邮编：110003
辽宁奥美雅印刷有限公司印刷

责任编辑：张玉虹　刘　维	责任校对：潘晓春
装帧设计：黄　宇	幅面尺寸：130mm×185mm
字　　数：132千字	印　　张：7.125
版　　次：2017年8月第1版	印　　次：2017年8月第1次
定　　价：20.00元	书　　号：ISBN 978-7-5313-5297-6

目录

仿佛依稀

苏启智他们是下午三点多钟到的。时间挺尴尬，喝杯咖啡的工夫，刚好续上晚饭，不一起吃吧，新容最怕撒谎，心里编得口是口篓是篓，一开口就成了蛛网，黏腻虚飘，破绽百出。

梁赞提前一个星期回来了，昨天新容还收到他从乌鲁木齐发来的短信，说想家想得快找不着家门了。她说那多好，处处无家处处家。他回短信骂她：狠心的女人，就那么想拒我千里？

梁赞进门时，苏启智的电话刚打进来，新容一时分了神，目光落在梁赞巧克力色的皮肤上，他黑了也瘦了，背着一个老大的帆布抽绳马桶包出现在门口，亦晴"噢呜"一声跳过去，双臂荡秋千似的吊在他的脖子上，双腿也臂膀似的张开盘到了他的腰间，"赞哥""赞哥"地叫个不停。

新容没听清苏启智最初说了些什么，只知道他跟徐文静来长春了，要跟她见个面。她心里盘算的是，原来昨天梁赞发短信抱怨找不到家门时，人正在机场，准备登上回家的飞机。

梁赞费了好大劲儿才把亦晴的蟹抱撕开，把马桶包作为替代物塞进她的怀里，他抬眼朝新容这边看过来，她站在自己的办公桌前面，头发还是先梳成麻花辫然后在脑袋后面绾成一个发髻，式样简洁的裙子，一手举着电话，一手拿着书，中指插在正在读的页码中间，整个人嵌在打开着的门框里，像一幅超现实的四维画面。

"我先弄点儿喝的东西——"梁赞说着，朝新容的办公室里走。

她一时躲也不是不躲也不是，心怦怦地跳，但脸上反而漠然。

“我很想见见你。”苏启智又强调。

“我现在走不开，”新容说，“我忙完后一起吃晚饭吧。”

梁赞打开新容专放零七八碎小东西的柜子，把她的一只备用玻璃杯拿出来，拿起茶叶桶往里簌簌倒了两下，走到饮水机那边冲上热水。

“怎么提前回来了？”新容放下电话，问。

“想家了呗。”他直视着她。

新容微微一笑，她裙子的灰色让他想起有一天在江南的某间寺庙里，他好像刚睡过去就醒转过来了，一时分不清身在何处，撩开蚊帐望向洞开的窗子，窗外的天色，现在就穿在她的身上。灰里面透着若有若无的蓝色，让人想起黎明时分的大海，也让人有种说不出的忧郁。

新容望见梁赞身后的编辑室里，亦晴把他的马桶包倒过来，哗啦啦泼水似的晃荡几下，一大堆零食特产甩出来，小山似的盖满了亦晴的桌子，还有十几袋翻着跟头栽到桌子下面。

亦晴朝新容挥手：“来啊。”

新容跟梁赞说："给我们带什么好吃的了?"一边说一边走到编辑室里。

梁赞也跟着过来。

杂志社所有的人都聚齐了，两个美编从电脑桌、书堆，以及一人多高的绿叶植物组成的山洞里面钻出来，他们被文编们称为桃谷二仙，天天对着屏幕，眼睛里面挂着血丝，脸上像蒙了一层灰尘。西毒老聂也凑过来，常年不开晴的脸难得地露一次笑容，跟梁赞握了握手，上下打量他："瘦了不少哇。"

"你怎么瘦下来的?我每次出差都添秤。"一把手朱秀茹也端着茶杯从办公室出来，冲梁赞笑，"人还是瘦了好看。"

"您都多大岁数了还用这种垂涎三尺的眼神儿看人。"亦晴嘴里嘎巴嘎巴地嚼着东西，并且揶揄朱秀茹，瞥见梁赞从食物中间拨拉出几条烟分别扔给几位男士，跳过去打他一下，"又是大毒草?!我们这些被动吸烟的人受伤更多你知不知道?"

"不只二手烟，还有三手烟呢。"小美说，"尼古丁会附着在墙面、桌椅这些东西上面，在相当长的时间内保持毒性。”

“你们一手二手三手，这么些年早熏成千手观音，百毒不侵了。”桃谷二仙笑着说。

这会儿梁赞拿过马桶包，在暗扣里面的侧袋里翻翻，抽出一大堆丝巾。

“这是送女生的。”

为了节省空间，丝巾的外包装都被扯掉了，只剩下透明薄塑料袋，五颜六色叠在一起，湖蓝、碧绿、火红、橙黄，一块接一块地被抖搂开来，有的镶边，有的没有。女人们尖叫起来，各自挑喜欢的颜色、花样。

“新主编不挑一个？”梁赞看新容不动弹，“瞧不起我？”

“我哪敢瞧不起你？”新容淡淡地说，“是这些丝巾太漂亮，我怕配不上。”

这时，新容的电话响起来，她跑回到办公室接。

“你那边怎么那么热闹？”黄励问。

“你那边也不清静啊。”新容关上了门，听见黄励那边也乱哄哄的，仿佛很多人在她身边来来往往，她的声音从一片嘈杂中拎起来，挑高，像在菜市场跟人家吵架。

黄励最近又参加了老年协会的舞蹈班，过一阵子在省内有个老年表演团巡演，晚上要加班练舞，她让新容自己吃晚饭。

新容放下电话，隔门望着编辑室里。听不到欢声笑语，闻不到食物的香气，她只能通过门上留出来的一溜玻璃，看见梁赞背倚着办公桌坐着，腿长长地伸着，鹤势螂形，跟大家一起因为什么事情大笑起来。

编辑室里，亦晴又翻出一条短信给大家念。大家闹哄哄地乱笑，梁赞也咧着嘴，思绪却化为一股烟，追随着新容的电话铃声而去。

他离开了两个月，这其间发生了什么事情？她有了男朋友吗？应该不会啊，他们的短信一直联络得很密切啊。不过也难说，短信毕竟是短信，看不见摸不着的，她大可以一边跟人约会，谈情说爱，一边回他的短信，而且说不定这样回得更自然轻松呢。

梁赞的心扭成了麻花，绞痛起来，他朝新容的办公室看了一眼，门关着，她从里面或许看得见他，但他却看不见她。

他们是同一天到杂志社里来的，新容是大一学生，原本只是给杂志投稿，朱秀茹那会儿是执行副主编，非常喜欢新容的文字感觉，约她来杂志社见面，一见，印象更好，建议她过来当实习编辑。梁赞那时候却已经大学毕业半年了，一边跟朋友琢磨着怎么快速致富，一边被父亲安排进杂志社来，他父亲是老观念，总觉得人应该有个单位。

报到那天杂志社的领导在“喜洋洋农村俱乐部”订了个大包房，算是给他们开个欢迎会。他记得那天新容穿了条牛仔裤，米色棒针毛衣，娴静温柔地坐在他身边，别人说什么问什么，她大都用微笑来回答。

他的态度刚好相反，那会儿已经走入社会半年多了，觉得自己是个大老爷们儿了，谈吐举止刻意要拿出豪爽做派，用大杯跟杂志社的男人们喝白酒，酒过三巡，朱秀茹指着他们俩跟别人说：“嗳，你们看他们一动一静，一张一弛，像不像新娘新郎？”

“别说还真像。”大家仔细看他们，纷纷打趣。

新容红了脸，眼睑垂下来。梁赞以为她只是有点儿害羞，以他跟女生打交道的经验，以为连她这点儿害羞都是装出来的，那个晚上的气氛如此和谐轻松，他很拿自己不当外人，伸臂搂住新容：“来，我们新郎新娘敬大家一杯。”

“把你的脏手拿开！”新容狠狠地甩开他，脸上红潮尽退，变成青白，他被她的眼神吓着了。

其他人也都唬住了，原本热闹的场景一下子冷下来，整晚上没注意过的包房背景音乐变得响亮起来。

后来大家才知道她的事情，她父亲跟一个和她年龄相仿的女学生好上了，师生恋闹得沸沸扬扬，连教授都做不成了。新容考上大学过来读书，她妈妈也跟着一起过来了，母女俩艰辛酸楚的生活不难想象，也因此，新容憎恨任何形式的轻佻，从来不开两性间的玩笑。

新容关了电脑，把办公桌上的东西摆整齐，看看时间，苏启智他们等了快一个小时了，她拎包走出去，发现梁赞不在，编辑室里仿佛刚刚一场暴风经过，剖肠开肚的食品袋东一个西一个，桌上地上，场面狼藉。

“走啊？”亦晴问她。

“外地来个朋友，晚上一起吃饭。”新容说。

“梁赞刚走，让他送你多好。”亦晴说。

新容看一眼窗台，他的茶杯搁在上面。

新容拿起杯子，里面的茶汤还是温的，她放下包，把杯子拿到洗手间，把残茶倒掉，用牙膏把杯壁上的茶渍擦干净，用水把杯子里里外外冲得清亮剔透，放回柜子，这才出门。

银灰色帕萨特停在门口，梁赞盯着单位，楼是伪满时候盖的，细窄窄清水红砖嵌在楼表层，拱形窗瘦溜溜的，越发衬得带门斗的楼门像一个大嘴嘬出来，嘴巴里面含着楼梯，窄而陡，像错置的牙齿。梁赞眼看着新容瘦伶伶地从牙齿里面一截一截地出来。

新容看见他，站住了。

他替她打开副驾驶那边的车门，语气间流露出来的气恼和强硬让他自己也有些吃惊："上车！"

新容坐上来，他很认真地打量她：没化妆，连口红也没涂，街道上阳光明媚，他看出她的疲惫，眼底下有点儿黑。

"看什么？！"她有点儿恼，瞪他一眼。

他笑起来："去哪儿？"

她顿了一下："重庆路上的必胜客。"

他转头看她，阴阴地笑："你去吃比萨?"

新容也忍不住笑。

报到第一天他那句"新郎新娘"固然惹火了她，但她随后受到多大冒犯似的凛然也大大地让他下不来台。有好几年的时间他们彼此间敬而远之，井水不犯河水。虽然在一个杂志社工作，常常打照面儿，但几乎不打交道。她是采编人员，天天埋首于选题、稿件之类，而他搞发行，有办公桌但却不用坐班，何况他放在杂志社工作上的精力最多也就五分之一，大部分时间他忙着跟朋友合作，开公司，增加客户，开拓业务。

一晃十年过去，他们都成了杂志社里的元老，五年前调整班子时他当上发行部主任她则是采编部主任，三年前班子再次调整，他是主管发行的副社长，新容则是杂志社的执行主编。

任命公示不久，有一次杂志社加班，那一阵子新容喜欢吃必胜客的比萨，加餐时总叫外卖。梁赞那天凑巧去单位，跟送外卖的前后脚进门，桃谷二仙拉他一起吃，他一边往桌边儿坐，一边说，比萨这东西，就像喝醉酒后吐到盘子里的那么一摊东西回炉烤烤又端了出来。

桃谷二仙叽叽咕咕地笑，新容对着纸盒里面还袅袅冒着热气的三文鱼比萨，明知道梁赞是胡诌一气，就是抑制不住自己的恶心。

新容那天运衰到家了，临出门上班时跟黄励闹了几句口角，开编前会时，老聂跟亦晴因为点儿鸡毛蒜皮，闹到鸡飞狗跳，什么难听话都讲出来了。最后是老聂踢翻椅子走人："爱谁谁，爷不侍候！"亦晴坐到朱秀茹那儿把两眼哭成毛桃，朱秀茹就把所有的事情都推给新容，自己拉着亦晴SPA解压去了。

新容刚当主编，做到骨酥肉烂在别人看来也是春风得意，她饿得前胸贴后背，额头手心都冒着虚汗，遇上梁赞的恶搞，一股火从胃里蹿出来，鼻腔里先一酸跟着一热，她连忙捂住鼻子冲到卫生间，松开手，鼻血滴答滴答溅到白瓷洗手盆里面，艳红醒目，一朵一朵像次第绽放的梅花。

一个美编到卫生间门口偷看一眼，跑回来低声说："主编气得流鼻血了。"

梁赞一愣，不过是随口开个玩笑，半斤八两的小事儿，还流起鼻血来了？他手里捏着块热比萨原本吃得挺来劲儿，让她这么一打岔儿，真变成呕吐物了。

他扔下比萨起身往外走，经过卫生间门口时站住了，门是打开的，卫生间里面使用的是白炽灯管，新容站在洗手盆前面，被灯光衬得脸色惨白。梁赞忽然发现她很瘦，以前的印象只是新容个子高挑，走路很快，风风火火忙多大事业的样子，但那天夜里他注意到她尖削的下巴，以及眼睛里隐隐的泪水。他的脚不知怎么就抬不起来了。

桃谷二仙鬼鬼祟祟地过来，一左一右站在梁赞身边，新容捏着鼻子冲他们摆手让他们走，他没动，他们也没动。新容被惹急了，捏着鼻子声音瘪瘪地骂他们："滚开啊！"

新容收拾好自己从卫生间出来，头晕目眩的，出了一阵虚汗，也懒得再做了，拿了包回家。坐电梯下楼时，梁赞在最后两秒钟闪身挤进来，差点儿被电梯门夹住，眼睛也不看她，快到一楼时，兀突突来了一句："带你去喝汤。"

话音刚落电梯门就开了，还未等他们出去，一家广告公司的人就往里拥，他们刚刚吃过烤物，炭火气息和啤酒味道混合在一起，如此强烈，更让新容产生虚弱感和厌憎情绪。

梁赞拉住她的手，把她从乱乱的一团中间扯出去。到了外面他也不撒手，她流鼻血流得太多，脑子也钝了，任他牵着自己走到车前，他打开车门，把她塞进车里。

她怔怔地看着他把车开走，驶上灯光通明的街道。想问他，你要带我去哪里，忽然又想，管他呢？爱哪儿哪儿吧。

新容脑子里晃过黄励的身影，早晨母女俩拌了嘴，这会儿她肯定没睡，等着她回去呢。

想到黄励，新容一时又伤感起来，黄励的性情原本快人快语，爱说爱笑，明朗得像阳光下面的草地，坦荡野气，也有野花也有芳香。出了苏启智和徐文静这档子事儿以后，黄励性情仍旧泼辣，但里面混搅了一团阴郁、乌黑的东西，又赶上更年期，芝麻粒大的事儿，她说翻脸就翻脸，什么难听话都讲得出。

梁赞带她去的靓汤馆名叫“悦胃”。招牌不大，古色古香的。一进门就被水水的香气包裹住了，再细分辨，方品出是食物炖到骨渣而榨出来的香气，浓稠、弥漫，光是闻闻味道已经酥软了身子。

老板徐娘半老，细腻肥白，笑容可掬，穿件大花衣服，半裙半袍的，手里拿把大扇子，见到梁赞用扇子拍他一下，睨着新容说：“刚才梁赞打电话来威胁我呢，不把汤给你们留好，就把我给活煮了。”

梁赞跟她开了几句玩笑，带新容进包房时，老板娘在后面感慨：“你看看人家，腿还没我胳膊粗呢。”

老板娘给他们留了好几煲汤，样样美味。汤汤水水淹进胃里，给新容做了一场内部按摩，全身的筋骨一点点地松散开来，神经像高手料理的鱼翅，晶亮柔滑。梁赞看着新容眼睛里头的冰霜慢慢融掉，变得雾津津的，当她透过几丝头发扬起眼睛冲他笑的时候，就像有块石头冷不防扔进他的身体里，溅起老高的水花。

喝完汤梁赞送新容回家。两个人在车上，新容除了“谢谢你带我来喝这么好的汤”外不知道该说些什么，而感谢的话她已经说过两次，再说，就冒傻气了。梁赞手上有方向盘，看上去比她笃定得多。车开了一会儿，新容闭上了眼睛，头朝窗外歪着，看街边店的各色灯影。

梁赞见新容沉默，也想不出什么话来说，工作以外，他跟女人打交道的主要方式是扯闲章儿逗闷子，但新容除外。他把车开到新容家小区门口，停在路边，新容还无声无息地坐着，他伸头去看，发现她睡着了，脸侧过去贴着椅背，双臂环抱着自己，长臂长腿，瘦伶伶一个女子。偶尔对面有车开过来，灯光一闪，新容的脸孔就像从水中探出来，接着又陷入蓝黑的夜潭深处。如此反复，新容就像一个溺水的人，梁赞生出要把她从水里打捞出来的欲望。

“你跟谁吃饭？”梁赞问。

新容没吭声。

“唵？”他用胳膊肘杵她。

“你好好开车，”她笑着躲到一边，顿一下，“外地来的人。”

“外地来的什么人？”

“你又是什么人？”新容瞪他一眼，“管得还真宽呢。”

“你应该请我吃饭。”他说，“我走了两个月，好容易才回来，你也不给我接风洗尘?”

“接风洗尘是朱社的事儿，她是一把手，钱也归她管。”

“我才懒得吃杂志社的饭呢，我想吃你请我的饭。”

“改天吧。”

“改天还接什么风啊? 就今天。”

“别胡搅蛮缠，都跟你说了我约人了。”

“约谁啊? 推了不就行了?”

新容不说话。

“要不，我跟你一起去?”

必胜客里客人不多，店里光线一半靠壁灯一半靠沿街窗铺照进来的阳光。新容和梁赞一路走过来，一对头发染得金黄的男生用手提电脑上网，两只脑袋凑一起像两朵葵花；四个女人占了张六人台，其中一个挥舞着手臂绘声绘色地讲，其他几个叽叽咕咕地笑；还有一对来路似乎不大正当的情侣，拉着脸守着两杯咖啡枯坐。再转过一个弯，看见苏启智跟徐文静，坐在靠窗的位置上，一人面前一杯矿泉水。

“容容——”苏启智看见她过来，站了起来。

新容愣住了。半年没见，他瘦成了肉干儿，原本蛛网般的皱纹，变成沟沟壑壑，纹路之深，把他的苍老从写意变成了工笔。

徐文静也瘦了，下巴变尖后脸型分外清秀，身材也苗条起来。

“这是我父亲。”新容对梁赞说，又对苏启智介绍了一句，“梁赞是我们杂志社的副社长。”

两个男人握了握手。

“徐文静。”苏启智给梁赞介绍。

梁赞已经知道她的身份了，冲她点点头：“你好。”

“你好。”徐文静也点一下头。

服务员送菜牌过来，梁赞接过来说：“给我吧，一会儿点菜时我再叫你。”

苏启智问新容：“你妈妈还好吧？”

“挺好的。”新容说。

去年《大长今》热播时，黄励跟小区里几个中年妇女一起参加了韩国料理班。那一个月里，家里增加的盆盆罐罐比她们过去十年增加的还多。比较经典的是一个稻草编的圆锥形篓子，跟稻草人儿似的支在阳台上面，黄励说这种东西生黄豆芽再好不过，还有一个U形木槽，配两个大木槌，说是要自己打打糕吃。

今年过了春节，女人中的一个得了乳腺癌，发现时已经扩散了，这些人一下子意识到健康问题比韩国料理更重要更紧迫，女人们兵分几路，有跑去学打太极拳的，有练气功的，有去参加保健品学习班的，黄励被一个年过五十说话还嗲如少女的女人拉去学跳拉丁舞，天天扭腰摆臀，晃得新容七荤八素的。家里的盆盆罐罐像一场大戏的道具，演戏的人早换到另一个舞台风光去了，这些物件还傻呆呆地杵在原地，不知如何收场。

苏启智看着梁赞："你们同事多长时间了？"

"十年了吧？"梁赞看了新容一眼，"我们是同一天到杂志社工作的。"

"容容早熟、善良、懂事。"苏启智有些心虚地说，"就是脾气倔。"

"她平时不大爱说话，也不计较什么，"梁赞笑笑说，"但动真格儿的时候，挺厉害的，河东狮吼。"

两个男人笑笑，徐文静也微微一笑，新容被他们笑得疙疙瘩瘩的，这种家庭式的轻松愉快，可不是苏启智和徐文静应该得到的。

她在菜牌上拍拍，往梁赞眼前一送，“点你的菜吧。”

梁赞点菜时，新容去洗手间，前脚刚进去，徐文静后脚进来。她们的目光在洗手盆上方的镜子里对视了一会儿。

“你可能也看出来了，”徐文静说，“苏老师最近身体不大好。”

在公共场合，她总叫他“苏老师”，新容想不出他们在家里，尤其是在床上的时候，她怎么称呼他，也叫老师？

“胃出过几次血。”徐文静说，“他现在对食物特别敏感，吃坏什么或者喝坏什么，一不小心，血就从胃里顶上来，顺着嘴角往外流，挺瘆人的。”

难怪他骨瘦如柴。

“明天你能跟我一起去医院吗？”

“我明天有编前会，走不开。”新容说，“你们先去看吧，如果有什么问题，你再给我打电话。”

徐文静没吭声，眼珠乌沉，定定地望着新容。

新容从徐文静身边推门出去。厚厚的橙色树脂门无声无息地扇了扇，把两人隔开。

新容回到桌边，苏启智和梁赞也正谈看病的事儿，“胃病医大二院看得最好，我有个哥们儿在脑外科当医生，我让他给你们找个好医生看。”梁赞一边说一边抄起电话联系，徐文静回来时，他正好把电话合上。

“OK了，明天上午我把你们送过去。”他说。

徐文静看了新容一眼。

“你爸挺有风度的嘛，像个诗人，有一些女孩儿最喜欢他这种类型。”吃完饭他们在必胜客门口分手，梁赞和新容目送着苏启智徐文静的背影感慨道。

“他现在生病，状态不好，人也显老。”新容感慨了一声，“以前他是挺有吸引力的。”

苏启智清高、儒雅、从容，又在大学里教古典文学，非常脱俗。新容第一次意识到这一点是上小学的时候，学校举行儿歌大赛，她一大早被黄励从床上抓起来，洗脸时还迷迷瞪瞪的，到刷牙时才真正醒过来。黄励给她梳羊角辫，扎粉红色蝴蝶结，白裙子配搭扣红皮鞋，嘴唇上还抹了黄励的口红，新容站在凳子上预演，“鹅鹅鹅，曲项向天歌。白毛浮绿水，红掌拨清波”。她怕把口红蹭掉，背得呜哩呜噜的。

苏启智看见，脸黑成锅底，怒视黄励：“你看你把孩子弄得这么恶俗！”

他两把扯下蝴蝶结扔到地上，把新容从凳子上挟下来，手臂硬邦邦的，差点儿勒断她的肋骨，进卫生间后他拿着毛巾擦她嘴巴上的口红，几乎蹭脱掉她一层皮，然后塞把梳子给她，让她用皮筋把头发扎成马尾，弄好后又挟着她卷进房间，挑件白衬衫蓝裙子扔给新容，还去鞋柜挑了双旧白布鞋让她换上。

“又不是清明去烈士陵园——”黄励嘟囔。

苏启智不理她，把新容收拾顺眼，把她放到自行车上送她去学校，一路走一路教她背《矮老头儿》：

矮老头儿，本姓刘，上街买绸带打油。看见一颗大石榴，放下了绸，搁好了油，踮起脚采石榴，石榴高，采不着，一不留心踢翻了油，弄脏了绸，摔破了头，气得老头儿把泪流。

新容背下来去参加大赛，一群孩子背鹅鹅鹅，新容的矮老头儿拿了个第一名。回家给黄励看奖状，黄励也喜滋滋的，说："你爸是大才子，他动动小手指头就够别人忙活半天的。"

她们要把奖状贴在墙上，苏启智说，"还不如贴张世界地图。"

"这是荣誉。"黄励说。

"算了，别贴了。"新容把奖状从黄励手上抢下来，贴上了世界地图。

她信任他，为他是她的父亲自豪，后来他闹出婚外情时，新容几乎分不清她跟黄励谁更伤心。

"我想吃麻辣涮肚，你请我吧。"车从停车场开出去时，梁赞说，"算接风了。"也不管她答不答应，径直把车开到老字号麻辣涮肚店。涮肚店里人满为患，刚好有一桌结账的，服务员跟梁赞熟，跳过两伙等桌的把他们偷偷领进去，梁赞也不知从哪儿摸出一个新疆手镯来，哄得小姑娘眉开眼笑的。

蘑菇、豆腐、南瓜、木耳、玉米、土豆，梁赞点了一堆新容爱吃的东西放到涮锅里面，自己只要了瓶啤酒。

“你的小后妈看上去挺好的。”他说。

“她很容易给人留下好印象。”新容说。

梁赞看着她，一副等着听下文的表情。她只好继续说道：“她刚到我们家里来的时候，我妈对她的印象也很好。”

徐文静可能是小时候在山野里晒得太狠，把阳光直晒进真皮层里去了。棕色肤色衬得她一双大眼睛白是白，黑是黑。

“女孩子眼睛长得好谈恋爱时最占便宜，眨巴眨巴就把男人的心眨巴乱了。”黄励边夸边不无遗憾地打量新容，她的眼睛长得像苏启智，细长，双眼皮是暗扣在里面的。

苏启智也夸徐文静眼睛长得好：“翦水双瞳。”他说。

还跟孔乙己似的，手指上蘸了水，在饭桌上给新容写那个“翦”字，“你认识吗?”

新容点点头。

那以后苏启智和黄励开口闭口文静文静的，仿佛她是他们遗失多年的亲生骨肉，徐文静跟黄励叫“师母”，她也真拿自己当母了，嘘寒问暖，汤水茶饭，徐文静家里困难，衣服寒酸，黄励把自己的羊毛衫羽绒服都给了她。

“旧衣服送人家，伤人自尊，”新容提醒黄励，“好心变成驴肝肺。”

“旧什么旧?！都是八成新的。”黄励听不出重点，也看不出山高水低，根本没注意到徐文静旧衣下面包裹着的，是一具春来大地的身体，姹紫嫣红正当时，美目盼兮、巧笑倩兮。

有一天新容上学的学校停电，临时取消了晚自习，新容回家来，正好徐文静吃完饺子要回师范学院去。她们在门口遇上，因为煮饺子，房间里原来的融融暖意中间夹杂了水汽，让新容清晰地意识到跟随自己闯进屋里来的，干燥的尘气和寒冷的土腥味儿。

苏启智站在她们旁边，背对着灯光，加上房间里的湿雾，看不清表情，不过，他的声音温柔得像一团棉花，跟徐文静介绍说：“她是新容。”

徐文静比新容矮差不多一个头，身上有股糯米的香甜气息，抬头看她一眼，微笑，慢慢低下头，连同眼睑也垂下来。

“就她啊，”新容说，“又矮又胖，土豆西施。”

“什么土豆？”苏启智拉下脸来，“人家《红楼梦》读过六遍。”

“读一百遍有屁用，高考又不考《红楼梦》。”

“你跟谁屁屁的？”苏启智突然就火了，把手里的毛笔啪地拍到桌子上，一朵墨花从笔尖溅出来，落在刚铺好的宣纸上，“没有教养。”

新容被苏启智骂得眼冒金星，脸颊赤辣辣烧起来，她直着脖子吼回去，“养不教，父之过。”

当时新容在客厅吃饭，苏启智在书房写毛笔字，父女俩隔着几米远的距离怒目相对，黄励两手湿淋淋地过来，一边撩起围裙擦手一边看看剑拔弩张的两个人，“怎么了怎么了怎么了——”

苏启智起身，重重地关上门。

那个门，柞木的，死沉死沉，嘭的一声撞紧关严。新容只觉得鼻管里面一阵酸麻，听见黄励叫一声：“新容，别动！”

黄励把围裙扯下来，灭口似的朝新容堵过来，围裙里面的油腻、沤菜、脏渍的气息比鼻血更让新容恼火，她把围裙连同黄励的手臂一起推开，冲进自己的房间，也把房门摔得山响。

“我第一次见她，觉得她像某种动物，用眼睛说话，阴沉而危险。”新容对梁赞说，“很长时间以后，我才明白，那会儿她跟我爸的关系已经很微妙了。我爸是个温文尔雅的人，但那段时间特别容易发火。”

“正在进行激烈的思想斗争。”梁赞笑了，喝了口啤酒，看着新容，“我也在进行激烈的思想斗争。是追你呢，还是放你走？”

新容没想到他在这么个时间，这么个地方，突然说出这么句话来。她的心跟锅里的热汤一起咕嘟咕嘟地沸腾起来，为了避免看上去傻呆呆的，她伸手捞了串南瓜吃。

“你怎么不说话？”他问。

“你斗争你自己，”新容静下来，笑了，“关我什么事儿？”

“怎么不关你事儿？”梁赞笑了，“你是战利品。”

新容没说话，耳朵、脸颊、眼窝，慢慢地洇出红色来，眼睛里面蓄足了恼羞成怒，朝梁赞狠狠一横。

新容手里拎着东西，刚要用脚敲门，门已经打开了，黄励穿着新容淘汰的运动服，脸上敷了焕彩面膜，眼睛从两个洞里看着新容。

“你想吓死谁啊？”新容把手里的东西直接送回房间，又出来。

黄励一手一只易拉罐当成健身器材，平举、上举、垂下，脚底下还在原地慢走。

“谁送你回来的？”她在面膜下面呜哩呜噜地问。

“梁赞。”新容去厨房倒水喝，顺势在餐桌上坐下，翻了翻当天的报纸，报纸快翻完时，黄励走过来，一手拎着刚撕下来的面膜，一手在脸颊上拍打着，让皮肤把剩下的美白液吸收进去。

“白吗？”

“挺好的。”新容笑笑。五十多岁的黄励按年龄来看还算是年轻的，但跟徐文静比不了，不过，说到徐文静皮肤的紧致、弹性，连新容都要自惭形秽，她从大学一年级开始到杂志社当实习编辑，从接情感热线电话提升为纪实版主任再到成为执行主编，常年的熬夜，在眼睛下面熬出两块黑影，遮瑕膏都遮不住。刚才吃涮肚，梁赞盯着她看时，她直心虚。

“什么东西大包小包的？”黄励把用过的面膜小心地折好，又装回袋子里，袋口用夹子夹好。

都是梁赞给她买的东西，刚才一直开车到楼下，下车的时候，他从后备厢里大包小包拿出一大堆来塞进她怀里。她连推拒都来不及。也幸亏没跟他拉拉扯扯的，黄励正在楼上看着他们呢。

“梁赞不是刚在全国绕了一大圈儿吗？托他买了点儿东西。”

黄励还是把面膜放进冰箱。

“都跟你说了面膜只能用一次，维生素隔一夜就失效了。”

“跟梁赞吃的晚饭？”

“还有苏启智跟徐文静。”

黄励愣住了。

“苏启智好像胃不太好，人瘦得皮包骨头。明天要去医院检查，梁赞有朋友在医院，帮忙给联系的。”

“他应该查查心脏，”黄励嘭的一声关上冰箱门，

“心眼儿烂根子了。”

梦里，苏启智坐在白色的小船上，划船的是个年轻女人，面容秀丽，笑容温柔，苏启智神秘兮兮地跟新容说：“她的胳膊在遇到风的时候，能像折扇一样打开，变成翅膀。”

新容醒过来时，听见客厅传来的音乐声，她打开门，DVD机里播放着国标比赛的录像，黄励抬着胳膊，跟着电视里面的画面，挺胸、收腹、甩头，看见新容站在门口，她也没停下来，扭胯，仰头，脚步继续向前滑走。

新容去浴室刷牙冲淋浴，出来时，黄励已经跳完舞，把音乐关了。

桌子上摆着早餐，豆浆、茶蛋、面包、香肠、果酱、一盘子新鲜草莓，不大的桌面摆得满满的，颜色也好看，但新容却觉得，这种漂亮场面底下，是一副潦草心思。她刚考上大学时，黄励提前办了退休，把家里的东西收拾收拾卖的卖，送的送，只带着简单行李跟新容一起过来。母女俩租的房子是三家插间，一家一间二十多平方米的房间，共用浴室和厨房，黄励每天早晨很早起来，走路十五分钟去早市。那里的菜新鲜，价钱比附近超市便宜一倍，再走回来，炒菜炖汤用石锅焖大米饭，另外两家起来煮粥拌咸菜时，她们这边已经热热乎乎地吃进肚里了。新年前后两个月，去早市买菜的时候天是墨黑的。新容看着外面的天光，心情暗沉，想着这时候苏启智跟徐文静，肯定躺在家里的大床上，胳膊腿儿像麻花那样拧在一起睡觉吧。

新容那会儿刚去杂志社上班，光靠黄励办病退的工资，两个人不够活的，苏启智说过要给钱，新容说她已经过了抚养年龄了，不要。她心里憋着股气，要让他看看，没有他，她们娘儿俩一样能过得好。刚上大学新容就开始写稿挣稿费，后来又过去当编辑。除了寒暑假外，她平时不能正常坐班，每次去上班，除了写稿校对，还打起精神照顾环境，地面脏了是她清理，暖水瓶里的水是她去水房打上来，连电脑问题也是找她，一开始她也晕头转向的，可以说不会但不敢说不管，午休时大家打牌讲黄色笑话，她边看书边摸索着弄程序，几年下来，居然成了专家。最苦的那段日子，有两次她咬着筷子就睡着了，黄励到厨房盛完饭回来，坐在桌边看女儿，眼泪一掉大半碗。

有一阵子电视里面连续一周报道大学生毕业容易就业难的问题，黄励添了心思，非要新容考研究生，新容顺嘴说即使考得上，哪有钱读。黄励走火入魔，四处去打听卖肾的事儿。邻居把话传给新容，她呆在当场，好半天才回过神儿来，把手里蛋炒饭往地上使劲儿一摔，黄的白的散落一地，冲回房里跟黄励吵架："你怎么想的？卖肾?！你卖肾还不如我去卖身算了!!"也不管邻居是不是听见了，嗓门扯得快把屋顶喊下来，心里想，喊下来就喊下来，母女俩一起被砸死算了，死也落个全尸。

黄励先让新容吼傻了，反应过来也开始淌眼抹泪的："卖肾怎么了？丢人了？丢也是丢我自己的人，谁让我没本事留住男人，卖我自己的零件儿还不行吗？你冲我那么大声干吗？我是你妈，你吼我像一只老狗！肾也不用卖了，哪有买命的我卖了清净，省得招老的烦让小的厌!!"

母女俩眼泪横飞，对吼，哭，把最后一丝力气都诉尽，肉泥两堆一个瘫在床头一个委在床尾。心里空落落像间被弃的房间，那会儿想起苏启智和徐文静，真是恨啊，恨得咬牙切齿。

新容开编前会时，梁赞打电话来报告苏启智的病情："胃癌。已经扩散了。"

新容僵了，脑子里一时飞絮飘浮，乱成一团，原来，昨天夜里的梦是个死亡之梦。

亦晴抓了个少妇为了跟老公赌气，去电视台假征婚的题材，如获至宝，早晨新容一进门就被她抓住，她走到哪里亦晴跟到哪里，一直跟到编前会上，她又从头讲起。

新容望着她嘴巴张开闭合、闭合张开，字词噼里啪啦地从她嘴里迸出来，又散落开，老聂在旁边阴恻恻地看着亦晴，偶尔开口，总惹得亦晴眉毛倒竖，杏眼圆睁。

"怎么了？"送咖啡过来的小美看见新容表情不对，悄悄地问。

她回过神儿来："没事儿。"

中午朱秀茹在新开的一家湘菜馆定了大包，全体人员聚餐，给梁赞接风。他从医院赶过来，跟新容一左一右坐在朱秀茹身边。亦晴坐在桃谷二仙中间，桃谷二仙跟亦晴贫嘴，一个说："我们不是随便的人。"另一个接着道，"我们随便起来不是人。"

亦晴哼一声："你们觉得这很幽默吗？"

听见他们对话的人都笑，唯独新容脸色瓷白，剁椒鱼头上来时，服务员转桌把鱼转到她面前，鱼头被片成两半，对贴着，眼睛睁着，埋在碎红辣椒中间，新容冷眼瞥见，吓了一跳。

梁赞伸手把鱼头转到了别的地方。

其他菜陆续上齐，新容几乎没动筷子。

"怎么不吃？"朱秀茹看了她一眼，打量四周，"让谁气饱了？"

新容笑笑，搛根芥蓝，吃了一口放下，去了卫生间。

梁赞倒了满杯啤酒，敬大家喝了，也去卫生间。

在走廊里看见新容，站在一个窗前往外看，他走过去一把把她抱住："别担心，我会陪着你的。"

新容吓得不轻，死命地挣出来，小心地往包房那边看了看。

"你疯了——"她瞪梁赞一眼。

梁赞没吭声。

新容回到包房，拉开门时，刚好亦晴往外走。

苏启智躺在病床上，整个人缩进去一大圈儿，脸色比洗旧的白枕套还难看。

"挺忙的，不用过来了。"苏启智说。

"上午忙，下午没什么大事儿。"新容说。

徐文静拿着粥盒回来，医院附近有专门做粥的粥铺，可以按顾客要求给做各种各样的粥。徐文静订了蔬菜粥，端到苏启智跟前，"我不想吃。"苏启智手虚虚地做了一个推开的动作。

"多少吃几口吧。"徐文静把盛了粥的匙递到他嘴边，他看新容一眼，自己拿过匙把粥送进嘴里。

"有什么事情需要我做的?"新容问。

"小梁都给安排好了，"苏启智冲新容身后的梁赞笑笑，对新容说，"今天一大早去接我们，楼上楼下的折腾了多少趟，真给他添了不少麻烦。"

"您别客气！"梁赞让苏启智说得不好意思了，"我这个人一向麻烦里来麻烦里去，没麻烦还全身不得劲儿呢。”

“我这胃是老毛病了，住两天我们就回去。”苏启智朝徐文静笑笑，“小静还要去一家公司上班呢。”

“上班不着急。”徐文静说，“我刚给公司打了电话，他们说公司老总去南美洲了，一个月以后才能回来，他回来我才能去上班。你好好调理身体，我们可以出去转转，我上班以后可能就没机会出去旅游了。”她冲新容笑笑，转头又对苏启智说，“让新容也跟我们一起去。”

“她哪儿有空？”苏启智叹了口气，目光却很期待地落到新容的脸上。

新容一时被他们将住了，不知该说什么。

“时间就像海绵里的水，只要硬挤，总是有的。”梁赞笑着插话，“要是去近便的地方，我开车送你们去。”

“你瞎承诺什么？”他们从医院出来时，新容责怪梁赞，“我跟他们旅哪门子游？”

“你爸还能活几天？”梁赞说，“人之将死，其言也善。”

梁赞把新容送回家，临下车时，新容把一个信封给梁赞。

“什么?”他没接。

“买东西的钱。”新容只好解释，“这是三千，我也不知道够不够。”

梁赞把信封从她手中抽出来，拉开她的包扔进去：“想谢我，可以给我写封情书啊。”

“你不收，”新容说。“我就把东西还给你。”

“不用那么麻烦，”梁赞拉下脸来，说，“你直接当垃圾扔了吧。”

梁赞说完推门下车，把车门摔得很响。

“要扔你自己扔，”新容随即也出来，脸绷得像鼓，“你在这儿等着，我上去取东西下来。”

“还上什么楼啊?”梁赞说，“你把信封拿来，我直接扔了就算数儿。”

“你凭什么跟我发脾气?”新容的脸气青了，掉头往楼里面走，“你别走，我拿东西去!”

梁赞追了半层楼追上新容，拉住她：“阎王还不打笑脸人呢？我这脸够热的了，怎么就贴不上你的冷屁股?”

新容被他说得脸飞红起来，“你去死——”

“一个比喻，”梁赞笑了，“你想那么具体干吗？”

新容静下来，沉思了一会儿，抬眼朝梁赞看，直看得他眼睛里头心里头空出好大一个场子，才慢慢说道：“你别拿我当礼拜天儿过。”

梁赞拿起她的手，摁在她的心口上，“你这里是颗什么？石头吗？”说完把她的手一摔，噔噔噔下楼去了。

新容全身软软的，像被人抽了筋，要不是怕邻居看见不好，真恨不得一屁股就坐在水泥楼梯上。

黄励穿着舞蹈裙，在镜子前面左照右照。

新容进门，乍眼瞥见那一身白花花的肉，晃得眼晕。舞蹈裙是紫红色的，屁股前后加上胸前，统共三块布，其他位置零打碎敲地缀上那么一缕两缕的布头儿。上面不光用银丝绣着什么图案，还镶着大面积的亮片。

“怎么样？”黄励扭腰摆臀，舞步蹁跹，那些亮片蛙声一片地晃动起来。

新容下意识地捂住自己的眼睛。

“就那么惨不忍睹？”黄励过来打新容的手，“今天彩排，嗬，真是不脱不知道，满身橘子皮的大有人在，还有那肚子上的肉，一波三折，我的皮肤和身材算不错的呢。”

“你怎么了？”黄励在新容额头上指一下，“出了门又是秧歌又是戏，游回家来就变成条死鱼——”

“别唠叨了，”新容抬眼看黄励，“我刚才去医院了，苏启智得了胃癌。”

黄励的架子还拿着，刚才说话时点着她的手也还那么半举着。

“发现时就是晚期，医生说随时都有可能——离开。”

“我早就知道会有这么一天，”黄励转回神儿来，笑了一半却笑不下去，手抖抖地往下脱舞蹈裙，好半天扒不下来，新容想帮帮她，又没敢动，怕这样反而惹恼了她。

“应了那句老话，作得欢死得快。”黄励到底把那三块手帕从身上扒了下来，两块布的接缝在胯骨那儿抻得快崩断了，新容才发现，那面料还是带弹力的。黄励把舞蹈服团吧团吧揉成个抹布，往沙发上一扔，仍然拎起旧运动服套在身上，走到窗前，呼啦一下把窗帘拉开，一大片夕照，像硕大无朋的蛋黄跌碎进屋里，浓浓地漫溢了整个客厅，稠稠地淹裹了母女俩。

黎明时分新容起床去卫生间，出来发现客厅凸形窗前地板上，黑漆漆一团沐浴在淡墨色的夜色晨光中间，吓了她一跳。

“你不睡觉坐在那里干什么？”她问。

黄励不吭声。

她走过去坐下，母女俩都不说话，看着天色从灰黑变成深灰、灰中渐渐透出青色，青色又一层层漂清了灰色，加入了豆浆白。

新容白天乍听见消息时，心像鱼漂浮着，找不到方向，也不知道该不该悲伤，彷徨得很。现在，在这样安静的时分，她清清楚楚地看见，悲伤从她的心坎里抽发，像一束花草那样葳葳蕤蕤地生长起来。眼泪涌出来，湿了脸，她不怕黄励看见，也不擦。

“是不是我老咒他，把他咒出癌来了？”黄励一夜未睡，整个人垮垮的，面色灰败，眼睛下面眼袋突起，头发乱糟糟像个鸡窝，说话时带着很重的鼻音。

“你想哪儿去了?!”新容破涕而笑。

“人的意念是有力量的。”黄励很认真地说。

“你又听谁胡说八道了?”新容搂着黄励，把头靠在她肩上，“是他自己的体质不好。”

“要不就是跟徐文静在一起，天天吃方便面吃出来的。”黄励说，“你没看商品质量调查?方便面里面装的调料，几乎全是毒药，她倒是年轻了，消化能力强，你爸那体格哪能扛得住?不过他也是活该，自找的。”

“徐文静想让我陪他们出去转转。”

“他不是快死了吗?还有力气转?”

“医院那地方没病去了也添几样儿，更何况他这么重。越在病房里待着他越容易猜出自己不行了，不如带他出去散散心。不过又怕他临时发病，所以才想拉我去。”

“这时候想起你来了，你过苦日子的时候他们在哪儿开心快活呢?”

“说那些干什么?没有他们我们不也挺好?”新容说，“你说如果我不去，他真死不瞑目了，变成鬼来找我们麻烦怎么办?”

“好办！” 黄励说，“睡觉时把菜刀枕在枕头底下，刀刃朝外就行了。”

梁赞说话算话，果真开车带他们去大连玩了几天。他跟新容说，你们两个女生，万一真出点儿事还不麻爪儿了？我跟着去，既是司机，又是导游，兼着陪护，还要护花，用途不可不谓多。

“这是我们自己家的事儿，你别瞎掺和。”新容也希望他去，只是担心这样一来，跟他丝丝连连更扯不清楚。

“你怎么这么不知道好歹？”

梁赞气得骂她，新容倒笑了。

黄励也是刀子嘴豆腐心，他们出发那天，她起早煮了软软的白粥装进保温饭盒里面，饭盒上面的夹层里准备了苏启智以前爱吃的泡菜，怕他胃不行，用刀剁成了末，又另外拿了一个饭盒装了十几个茶蛋。

“路上的东西不干净。”黄励淡淡地说。

苏启智看到粥和泡菜，表情一顿。新容一阵心酸，赶紧别过脸去。手里拿个茶蛋，慢慢地剥，慢慢地咬，慢慢地嚼，想起小时候苏启智专为她编过不少儿歌，其中一个是关于鸡蛋的：

薄薄的壳下月亮泡，月亮泡里面太阳笑，太阳月亮抱一抱，生出一个鸡宝宝。

黄励听了埋怨苏启智：“堂堂大学教授给孩子编黄色儿歌。”

梁赞出发前托大连的朋友老段帮忙找酒店，他们赶去时，老段已经在酒店大堂里等着了。老段一张脸，胡子占了大半，头却剃得锃亮，看见梁赞，笑得一口烟全喷在他脸上。

“早二十天来多好，能看樱花，那花开得，”老段感慨，“血艳！”

晚饭是老段接风，他知道梁赞喜欢吃生蚝，挑了最好的点了一大盘，端上来后拿柠檬汁往上淋，蚝肉弹性十足地紧缩了一下，老段满意地哼了一声，让服务员拿来白葡萄酒给客人们倒上。

“吃生蚝得配这个，”老段说，“血鲜！”

新容发现，“血”是老段表达强烈感情色彩的词。喜怒哀乐，动不动就“血”“血”的。

有一天下雨，老段和梁赞出去了，徐文静在房间里洗澡收拾东西，新容父女俩在咖啡吧里坐了小半天儿。

大堂里面弥漫着煮咖啡的香气，光线有点儿暗，再找不着那么好的谈话氛围了。苏启智絮絮地说他的一生，年轻时梦想当作家，最喜欢张恨水，尽管很多人瞧不起张恨水，那又怎么了？张恨水还是张恨水。最近张恨水好像又时髦起来了，刚拍的《金粉世家》他看了几集，气得胃疼，电视剧里面的先生站在讲台上，讲《诗经》，一开口居然是“绿草苍苍，白雾茫茫，有位佳人，在水一方。”小静说那是琼瑶创作的歌词，还有《啼笑因缘》，应该改名叫《啼笑皆非》——

“你要杯咖啡吧？”苏启智突然说，“给我也要一杯。”

“你的胃哪能喝咖啡?”新容说。

“我不喝，就闻闻。”苏启智说，“我喜欢咖啡的味道。”

新容招手叫来服务员，要了两杯热咖啡。

“我的人生是个三角形，结婚前是一条线，结婚后是一条线，遇到小静也是一条线。”苏启智望着外面的雨帘，眼神一直望进新容想象不到的空间里去，“我并不后悔我的这一生是由这三条线组成的，但我很惭愧辜负了你和你妈。”隔一会儿又说，“劝劝你妈，再找个人。别找像我这样肩不能担手不能提的银样镴枪头。找个朴实的，俗气点儿，粗点儿，都没关系，最要紧是懂得心疼女人的。”

新容的眼泪涌上来，强咬着舌头才忍住了。

“对你，我本来最不放心的。”苏启智说，“不过这次看到小梁在你身边，我真是非常欣慰。”

“我们过得挺好的，你不用乱担心。”新容不想跟他多谈梁赞，找个事情把话头儿岔开。

结果到晚上吃饭，因为一首网络歌曲提起日本，老段脱口问了梁赞一句：“你老婆还在早稻田大学吗？”

苏启智和徐文静都一愣，看着梁赞。

“啊。”梁赞看了一眼新容，随口应了一声。

“读到博士后了吧？”老段问。

“还读博士呢。”梁赞说完，把服务员叫过来，“来碗粥。”

“粥？”服务员是当地人，一时没听明白。

“就是稀饭。”老段插了一句。

“海鲜粥还是白粥?”梁赞问苏启智。

“什么都不要。”苏启智脸冷得能刮层霜下来，“你不用这么周到，我受不起。”

吃完饭回酒店，苏启智连声招呼也没和梁赞打，就扭头回房间了。徐文静忙着追着他去，回头冲新容和梁赞挥挥手。

新容看了梁赞一眼：“你没生气吧?”

“生气也不会生他的气。”梁赞说。

“只许自己放火，不许别人点灯。”新容笑笑，“他以前跟我妈也这样儿，动不动就掉小脸子。”

梁赞若有所思地看着新容。

“怎么了?”她问。

“我在想你说的话，”梁赞说，“我们什么时候点过灯呢?”

“给你点儿阳光你就灿烂。”新容的脸一板，转身回自己房间，打开门后想看梁赞是不是也回房了，刚转身就撞到他身上，“你干什么?吓我一跳!”

“我跟你说件事儿。”梁赞推了她一把，把她推进房里，两手把她摁在墙面上，用脚把门关上。

“你干吗?! 快放手——”新容让他按得动弹不得，有些急。

“你老实待着，”梁赞没什么好气儿，手底下使了点儿力气，不让她乱动，“我不会做什么坏事儿的。”

新容让他说得没意思起来，“你有话快说。”

梁赞倒不说了，新容听见他的胸口里面拉风箱似的，一呼一吸地喘气，好像生了很大的气。

两人僵了一分钟左右，“到底要说什么?”新容问。

“没什么。”梁赞一撒手，拉开门走了。

新容呆站了一会儿，走廊里铺着地毯，听不见梁赞的脚步声往哪里走了，但她能确定他没回房间。

新容洗完澡准备睡觉时，隔壁还是一点儿动静也没有。她打了电话过去，也没有人接。

新容换了衣服，先去酒店内的酒吧看了看，然后下楼在大厅找了个朝着门的沙发坐着，等了差不多一个小时，梁赞和老段从外面回来了。果然是喝了酒，梁赞的脚底发飘，笑嘻嘻的。

“喝酒去了?”新容迎上去。

“不听劝啊，越劝越喝。”老段一脸苦相，“血犟!”

“我没喝多。”梁赞跟新容说一句，睨眼看老段，“怎么着，嫌弃我？忘了你在广州喝多时我怎么侍候你了？”

“他还一报还一报。”老段笑着说。

新容陪着他们上楼，“你回去睡觉吧。”梁赞跟新容摆摆手，“老段今天住我这儿，三陪。”

老段也劝新容：“你去睡你的，没事儿。”

第二天，老段带他们去郊区一个草莓园。是自助式，草莓现摘现吃，脸孔晒成棕金色的少女一手接钱一手递给他们一个篮子，篮子里面放着几个纸袋，他们可以把草莓采下来装进纸袋里，离开时过秤买走。老段说：“你们宰人不用刀，五十块一位摘草莓，摘下来带走的还额外要钱，血黑。”

少女笑容灿烂，说：“成本高哎，老板你一尝就知道了，我们的草莓品种好口味好，一点儿化肥没有，产量低，是天然的维生素C哎。”

草莓红通通的，躲在叶子下面，比市场上见到的要小一半，新容觉得有点儿恐怖，那么多的草莓，像一颗颗微型的心，红通通果肉上面粒粒斑点，在光线变幻的时候，像是心在跳动。

梁赞摘了一颗吃：“嗯，挺好。”

“他妈的，”老段也摘了一颗丢进嘴里，喔哼一声，“血甜。”

“早就跟你们讲了嘛，”少女笑，“一分钱一分货喽。”

苏启智一大早拉着脸，闹着要回去，徐文静费了不少口舌才把他劝来散散心，进了园后她和苏启智手拉手走在地头边儿上，徐文静摘了几颗草莓吃，也说好，还摘了一颗送进苏启智的嘴里。几分钟后，苏启智的嘴角流出血来，比草莓汁更鲜更红更艳，徐文静手忙脚乱地拿出一大把纸巾捂过去，几秒钟就洇透了。他们赶紧回到车上，幸亏开的是老段的CR-V，放倒一把椅子让苏启智躺下来，血还是顺着嘴角往下淌，梁赞撒腿飞奔到附近的小超市买了好几盒抽纸回来，几个人各自捧了一盒纸，往外抽纸去捂顺着苏启智嘴角流出来的血。

“我不知道一颗草莓也能害死他——”徐文静脸色苍白，蜷在苏启智身边。她个子矮，最近又瘦得厉害，像个小孩子。

新容伸手在她肩上拍拍："不关你的事儿。"

"都怨我都怨我，好端端的去摘什么草莓——"老段满脸都是汗珠子，直接把车开进了医院。

"身体都这样儿了还出来旅游，你们是怎么想的？"医生给苏启智止了血，训斥他们几个，"幸亏来得及时。"

"对不起对不起！"梁赞一迭声地说。

血很快止住了。又休息了一夜，第二天上午苏启智闹着要回去，梁赞找医生问行不行。"强弩之末。"医生很文艺地说了一句，给苏启智打了针，吃了药，嘱咐梁赞慢点儿开，就让他们出院了。

老段一直把他们送到高速路口，买了一大包纸巾饮料糕点之类的东西，替他们搁到后备厢里。

梁赞搂了他一下，在他后背拍拍，说了声"再见"就走了。

苏启智是二十天后死的。

那天新容一早起来心就乱得不行，又慌又忙，喘不过气来，看什么都不顺眼，用老段的话说，血闷！血闹！血烦！她在单位借稿子的事情发了一通脾气，发完才发现大家都不吭声，连老聂都保持着沉默。

他们这么让着她，弄得她自己反遭了一顿抢白似的，更加懊恼。

下班后梁赞送她去医院，徐文静呆坐在病房里，她饭也不好好吃，瘦得快脱相了。

“今早上开始昏一阵醒一阵的，中午还吐了血，不能有事儿吧?”徐文静问他们。

他们也说不好。

“要不我带你去问问医生?”梁赞问。

徐文静点点头，两个人离开了。

新容坐在刚刚徐文静坐的椅子上，离苏启智也就一米远，看他枯柴一把，脸如黄纸，整个五官都塌陷了下去。新容不知道他是谁，反正不是苏启智。

突然地，苏启智睁开了眼睛，唬了新容一跳，他直直地定定地着了魔似的盯着新容后面，仿佛那里站着人，或者正发生什么有趣的事情。天气越来越热，新容来医院时，街上好多少女穿起了吊带裙，可现在在闷闷的病房里，新容整根脊梁骨给苏启智盯得冒冷气。几分钟以后，苏启智的眼光慢慢地转向她，好像想说句话，但刚一张嘴，一口血花抢先蹿射出来，新容正凑过去想听他说些什么，有一些血点溅到她脸上，然后她看见苏启智鼻子里面也有两柱血涌出来，像两条蚯蚓在慢慢地往外爬。新容赶紧按铃叫人，手指哆嗦得不行，只知道死命按下去了，不知道是不是真的按响了，接着她悚然发现苏启智好像眼睛耳朵里面也有血涌出来，便慌慌地往外跑，膝盖被门边狠磕了一下，她站在走廊里没命地喊：

“医生，护士！医生，护士！”

医生护士一下子挤满了病房，新容跺着脚走出去不是站着也不是，有护士提醒她她才发现自己鼻血又流出来了，她顺手抓起一盒纸巾，抽出一把团一团按到鼻子上头，看医生攥着拳头，在苏启智的胸上咣咣咚咚地捶打，即使苏启智的心脏能再跳动，只怕肋骨也要断个三五根。

后来病房里一下子安静了。转眼间人也都没了，就剩新容一个，她往床上看，苏启智的眼睛还是睁着的，一副死不瞑目的样子，眼角、鼻孔、嘴角、耳朵，都有血迹，她全身的汗毛都竖起来，想要跑，却仿佛有双手从水泥地里长出来，抓住了她的两脚。

“爸——”不知怎么着，她一下子就喊出来了。

又过了几分钟，徐文静和梁赞回来了，可能已经听到消息了，在走廊里跑得轰隆隆响，梁赞先跑进来，一看床上的情景，挓挲着两手呆了一呆，上前把新容抱在怀里。

“没事儿吧？”

新容木木地拥在他怀里，眼睛望着门口，一句话也说不出来。徐文静整个人颓颓的，蹚地雷似的，一寸一寸地往病房里挪，几米远的距离走得万水千山，她走到近前，往床上看了一眼，就腿一软倒在床前。

新容蹲下身，抱住了她。

徐文静全身都在哆嗦，两排牙齿咔嗒咔嗒地打冷战，新容眼泪涌出来，拍着她后背说：“不怕，不怕。”

梁赞也蹲下来，把她们两个都搂在怀里。

“没事儿，没事儿。”

“谁是家属？”有个护士出现在门口，说：“你们得去交钱，费用不够了。”

“你们有完没完，人都死了还费用费用的——”梁赞火了。

“这屋里不是还有喘气儿的吗？”护士也不是白给的，“你们的钱又不是往我的账户上存，跟我发什么脾气？”

黄励接到梁赞的电话，跌跌撞撞地赶过来，还赶得及握一握苏启智仍然温暖的手。

徐文静叫了一声“黄姨”，扑过来抱着她哭，黄励没想到这个，挓挲着两手，任她哭了一会儿，才叹口气，伸手抱住了她。

梁赞忙里忙外，找了人给苏启智擦了身子，换了早先预备好的衣服。刚把人收拾好，尸体中心已经来了车，把苏启智接走了。徐文静放声大哭，奔着要去抓苏启智，被黄励和新容死命拉住了。

梁赞忙完尸体中心的事儿回来，看见娘儿仨坐在空了的病房里发呆。别说她们，就是他自己，一眼瞥见那空空荡荡的床铺，也一脚踏空似的发虚。

“人都走了，我们也别坐在这儿了，找个地方商量商量后事吧。”

梁赞把她们拉到一家“咖啡语茶”，先让服务员给每人上三条热毛巾，仔细地擦了手脸，然后才叫东西喝。

说起办丧事，梁赞问徐文静怎么想，她茫然地看看他们："我不知道，该怎么办就怎么办呗。"

"是不是要回去办呢？"梁赞说，"你们俩单位同事，亲戚朋友什么的——"

"还是在这边办吧，"徐文静看了黄励一眼，说，"我们的事儿一闹开，单位就把他调到图书馆了，馆里一共没几个人，他从来也不跟他们打交道。至于我家里那边，早就跟我断绝关系了。他家好像也没什么亲戚。"

梁赞看看黄励，黄励点点头："他就有个叔伯哥哥，在四川，多少年也没什么来往。我看也不用惊动人家了。"

"那就——"梁赞看一眼新容，"我们张罗着办了吧。"想想怕不妥，他又补一句，"好歹咱们也是个单位，别的没有，人手总还能凑上十个八个的。"

商量好事情，梁赞把徐文静送回酒店，接着把新容母女送到家。

"你先上去吧，妈，"新容说，"我跟梁赞说点儿事儿。”

黄励看他们一眼，先上了楼。

两个人坐了一会儿，新容叹了口气：“没有你我可怎么办?”

“没有我你什么都能办。”梁赞说，“我们刚到杂志社那会儿，我每次见你你都在干活儿，拼命三娘。”

新容笑笑，看看梁赞：“抱抱我吧。”

梁赞倾过身子把她抱在怀里，过了一会儿，笑了。

“你笑什么?”新容问。

“如果现在我让你跟我回家，你肯定会跟我走的，但那样一来我就成了小人了，不要说你，连我自己都看不起自己。不过，只怕过了今晚，也过了这个村，再没这个店了。”

新容没想到梁赞长得人高马大，倒长了一副玻璃肚肠水晶心肝，不过他把话挑破到这个程度，她反倒不能承认了：“谁要跟你回家了?别臭美了。”

“我又自作多情了?”梁赞自嘲。

“你也折腾得够呛，早点儿回家休息吧。”她拉开车门，“我走了。”

梁赞一句话不说，看着她。

“我走了？”新容又问。

“你再啰里八唆的，”梁赞笑笑，“我就不让你走，把你拉回家去。”

新容这才下车，低头看着梁赞。

“好好洗个澡，睡一觉吧。”梁赞轻声说，一踩油门，车子蹿进了夜色。

葬礼前，新容拉黄励去了一趟“卓展”，一人买了一套黑色套装，照着自己的款式，给徐文静也挑了一套小号的。

“干吗花这个钱？”黄励一看价签就急了，“我结婚也没穿过这么贵的衣服啊。”

“平时也能穿。”新容低声劝。

“正经寡妇是人家徐文静，我穿上算什么？”黄励嘟嘟囔囔的，衣服一穿上身，到底是名牌货，马上把人衬得有模有样儿，连气质都出来了，黄励又惊又喜地看了新容一眼。

“要不，我要套别的颜色，平时也能穿出去。”黄励跟新容商量。

“那我再给你买一套。”新容说。

“别别别，”黄励心疼钱，“就这么着吧。”

新容让售货员开票。

不光外衣，内衣、衬衫、鞋子、袜子，连抹眼泪用的手绢都每人买了三个备用，黄励心疼得直抽冷气。

买完衣服新容又把黄励拉进“紫梦”，专点那个收费最高的“大工”阿坚给黄励设计新发型，“紫梦”在新容的杂志上做广告，算是关系单位，打了个六折还要七百多块钱。

黄励死活不肯，被新容硬摁在椅子上。新容也想顺便给自己焗个油，大工刚过来，她就接到徐文静的电话，声音里带着哭腔儿：“新容，你来一趟行吗?”

新容把黄励安顿好，拎着要给徐文静的东西去了酒店，刚敲了一下，徐文静就开了门，她憔悴得不行，黑眼圈儿像是让人打了两拳。

“我不敢睡觉，一闭眼睛就觉得苏老师在房间里四处溜达呢，还念诗。”徐文静可怜巴巴地说。

“境由心生。”新容说，“是你自己总想着这件事情闹的。”

“不是，”徐文静四下看看，“他真的在这儿。”

房间是普通的双人间，两层窗帘都挡着，屋里又闷又热，空气很坏，徐文静穿着衬衫牛仔裤坐在沙发上抱着自己膝盖还浑身哆嗦，确实有点儿邪门。

“他真在这儿的话，也不会伤害你的。”新容说，“听说，死去的人最惦记谁，对谁最放心不下才会守着他（她）。”

“他肯定在这儿。”徐文静哭出来了。

新容给梁赞打电话，说了这边的事儿。梁赞也想不出主意，说打听打听再给她们打电话，过了半个多小时他打电话过来，嘱咐她们收拾收拾，二十分钟后他带她们去个地方。

“去哪儿？”见到梁赞，新容问。

“还是老聂给想出的办法，说有个袁先生，治这种事儿是大拿。”

袁先生七十多岁了，房间里面非常简陋，点着线香。袁先生目光如炬，从他们一进门就盯着徐文静看，梁赞刚说有位亲人过世，他就微笑着对徐文静说：“这位先生跟你关系不一般啊。”

徐文静脸色煞白，顺着袁先生的目光往自己左肩膀后面瞅。

袁先生念叨完一些徐文静听不懂的话，然后用红笔在黄纸上画了个符烧了，兑上点儿凉开水，盛水的杯子好像是二十几年前的搪瓷缸子，上面污迹斑斑，但徐文静还是把水喝了个精光。

“这样就行了，”袁先生对她的表现很满意，“剩下的事儿全交给我吧。”

梁赞掏出五百块钱放在袁先生的桌子上，带她们走了。

第二天举行葬礼时，黄励、新容，还有徐文静换上新买的衣服，三个人往殡仪馆告别厅门口一站，既庄严，又美丽。

“你们太漂亮了。”亦晴拿数码相机把她们三个拍了下来，凑过去给新容看，“爱与哀愁。”

“别瞎胡闹，”朱秀茹训她，“不看看是什么地方。”

花店送来预订的白玫瑰花，来参加葬礼的人每人拣一朵戴在胸前。杂志社的人一个不落，都来捧场。

苏启智单位来了两个工会干部，看见她们三个并肩站立迎宾，非常意外，接着便露出感动的表情，态度也变得积极了。黄励虽然退休了，也来了几个平时跟她处得好的姐妹，见了面先是吃惊，两三年没见过，黄励怎么越活越年轻，越来越精神，说了几句闲话又落到苏启智身上："虽然他是自己招的，可你也真是命苦啊，现在又这样不计前嫌——"老姐老妹们哭得鼻涕一把泪一把的。

"这辈子他欠你，下辈子他为你做牛做马。"有人安慰黄励。

徐文静没料到她的哥嫂竟然会来，拉着他们的手，眼泪像扭开的水龙头，她哥嫂看看卧在几千朵白玫瑰、白百合、白菊花中间的苏启智，叹了口气，眼圈儿也跟着红了。

"已经到了这一步，就节哀顺变吧！"

梁赞没怎么在人前转，但新容看他处处都在。来宾致哀时，他跟朱秀茹一起，很规矩地给苏启智鞠了三个躬。

所有来宾致哀完毕，主持人又说了几句套话，宣布葬礼结束，苏启智身下的折板一开，他坠入滑道，待她们三个反应过来，玻璃棺材里面已经空了。

“苏启智！！！”徐文静和黄励同时喊出来，接着哭声乍起，黄励的朋友拥过来扶她，新容抱住了徐文静，泪水泉涌而出。

午餐是梁赞安排的，他的一个朋友开了一间小型日本料理店，被他包了场。小店环境清雅，服务员穿着和服等在门口，大家排着队去卫生间洗手，半个小时才洗完，餐厅中央一个大长条桌上摆着食物，长桌的一边是日本清酒，另一边是各种饮料，周围散开六张六人位的桌子，黄励跟朋友一桌，徐文静跟她兄嫂一桌，新容陪苏启智单位的人坐，朱秀茹和梁赞也代表杂志社陪着他们，剩下都是杂志社的人四处散坐着。

大家都夸葬礼办得好，没见过这么高雅的。

“苏老师名士风骨，到底和俗人不同啊。”他们单位的人感慨。

吃完饭人一拨儿一拨儿地散了，最后只剩下新容和梁赞。跟老板结了账，道了谢，走出店来，外面阳光炙热，街面反射着白花花的阳光。

“去哪儿？”梁赞问新容。

新容一时不知何去何从，黄励带着她的朋友们回家去了，单位嘛，刚才朱秀茹跟她说这几天不用上班，一是家里还有不少琐事要处理，另外，也尽可能多陪陪妈妈。

“那我们就随便走，碰到什么算什么，”梁赞问，“怎么样？”

“好啊。”新容说。

梁赞只是开个玩笑，倒没想到她竟答应了，扭头看她一眼：“真的？”

“真的。”新容说，“遇仙成仙，遇魔成魔。”

他笑了，把车开上一条路，新容懒得往外看，懒得想梁赞要把她带到哪里去，更懒得猜测他们之间会发生什么事情，她眯着眼睛，望着窗外一掠而过的街景，想着那天在大连，那个下雨的午后，她跟苏启智坐在酒店咖啡吧里聊天，她喝着刚送来的卡布奇诺，而苏启智只能闻一闻他要的蓝山咖啡，不过，在深吸一口气后，他脸上的表情倒比很多喝咖啡的人更陶醉：“你知道有个叫路易斯·辛普森的诗人吗？”他问。

新容摇摇头。

苏启智说，这位诗人写过一首叫《美国诗歌》的诗，他之所以记住了这首诗，是因为诗里提到了胃。接着他给她读那首诗，用很慢的语调：

不论它是什么，都必须有
一个胃，能够消化
橡皮、煤、铀、月亮、诗。
就像鲨鱼，肚里盛只鞋子。
它必须游过茫茫的沙漠，
一路发出近似人声的吼叫——

绿 茶

1

咖啡馆叫“燃情岁月”，名字有些好笑。

对面的男人一直在抽烟，烟雾模糊了他的脸。他的话也说得有些含糊，吴芳没听清楚他的名字，不过，从他第一眼看见她时流露出来的表情上看，记不记住他的名字都没什么关系。

和以往那些男人一样，他们在一起的时间不会超过一个小时。

他的话很少，沉默有时是金，但金子有时也会让人厌烦。

吴芳在脑子里思忖着金子的物理性质，金子是很沉的金属，给人压迫感。这个男人也给人压迫感。

他是那种自视过高的人。她一眼就能看出来。

吴芳总是等着男人先开口。他不说话，她也沉默着。和陌生男人见面最难过的就是互相介绍完身份后的头十分钟，很快就会过去。吴芳已经想到他们分开后的情况了，只消几分钟她就会忘记他，就仿佛他们从来没见过。

吴芳朝窗外望着，玻璃上面影影绰绰地反射出她自己的样子来，她的眼镜有些反光，占了脸孔差不多三分之一的部分。头发规规矩矩地用皮筋在脑后绑着，她的衣服也很难让男人喜欢，式样很老，可吴芳自己很喜欢，式样老旧的衣服下面，她能感到自己的心安安静静的。

服务员托着托盘走过来，把咖啡放到男人面前，一杯绿茶放到吴芳面前。

他坐直了身子，把糖和奶加入咖啡里，吴芳看着茶杯，里面的叶子慢慢地舒展开来，像是会说话。

他喝了一口咖啡，脸上流露出一些愉快的情绪，看了一眼吴芳。“这里的咖啡味道不错呢，你要不要来一杯？”

“不用了，谢谢。我不太喝咖啡……”

“你是硕士？”他打断了她。

“正在读。”

“学什么专业？”

“比较文学。”

“比较文学……比较什么文学？”

吴芳笑了一下，没回答。

气氛有些冷场。

吴芳端起杯子喝了一口茶，她的舌尖体味着茶叶鲜嫩的气味儿。

男人慢慢地喝着咖啡，不易觉察地朝手腕上的表瞟了一眼。

“我有个朋友，她特别喜欢喝咖啡，而且，还喜欢在家里自己煮，弄得满屋子都是咖啡的味道。”吴芳盯着男人的咖啡杯，慢慢地说道。

他抬眼看着她。

“她专门有个煮咖啡的壶，形状是这样的，底下是这样的。”吴芳的表情渐渐开朗，原本艰涩的语言突然变得顺畅起来，手势也加上了，“说老实话，我没觉得好看，可那壶的价钱，说出来你可能不相信，我两个月的助学金加起来也不够呢。”

男人对她的话题多少有些兴趣，目光也专注起来。

年轻的女孩子哪来那么多钱？这个问题讨论起来很有趣。让吴芳犹豫的是，跟这个家伙谈那么多话有没有必要。

2

吴芳看着男人走出咖啡馆，她不知道他在门口会不会抬头，再看一眼那几个用铁铸出来的字，“燃情岁月”。他经过窗前时，手里在打电话，遮挡住了自己的脸。

她在他兴致正好的时候，把话题结束了，就像掐掉一朵花。

他生气了。脸色很坏，她猜他在心里骂她。

她暗暗地笑。

她独自坐在桌边。轻轻地转动着玻璃杯，玻璃杯里，茶叶慢慢地扭搅起来，整杯水沁出碧绿碧绿的颜色……

对她而言，这才是最美妙的时刻。

3

吴芳第一次见陈明亮，就记住了他的名字。他让她很高兴，但他自己不知道，于是她的高兴便加了倍。

有一个女孩子也和吴芳一样在等人，她有股不显山露水的性感劲儿，她从杂志架上往下抽杂志时吴芳就注意到她了，她却没朝吴芳看，自顾自地把杂志摊在桌子上面翻着。陈明亮从外面走进来后，四下看了看，目光落在吴芳身上，又很快移开了。他径直走到翻杂志的女孩子身边，清了清嗓音自我介绍说："你好，我是陈明亮。"

女孩子愣住了，抬头望着他。

吴芳也朝他看着，轻轻地"哎"了一声。

陈明亮没听见，又跟那个女孩子重复了一遍："我是陈明亮。”

女孩子还不明白。

吴芳走过来，拉了陈明亮一下：“你好，我是吴芳。”

陈明亮转回身来，看着吴芳，他的吃惊模样儿让吴芳露出了笑容。

“我是吴芳。”

女孩子反应过来，她飞快地上下打量了一下吴芳，吴芳的姿色当然不敢恭维，她抬头看了陈明亮一眼，揶揄地笑了。

陈明亮垂头丧气地跟着吴芳坐到靠窗的位置上。

坐下后，吴芳正式介绍了一下自己：“你好，我是吴芳。”

陈明亮点点头：“嗯。你好。”

吴芳：“你……你喝什么？”

陈明亮：“随便。”他四下看了看，目光捎到女孩子身上，她笑笑。陈明亮冲着服务生举起胳膊，吴芳注意到他的手臂很长，手指像要投篮似的虚握着。

服务员走过来：“请问喝点儿什么？”

“咖啡。”陈明亮询问地看了吴芳一眼。

吴芳指了指桌上的茶杯：“我要了绿茶。”

“请稍等。”服务员微微点头示意，转身离去。

两个人对坐着，无话可说，陈明亮想了想，刚要开口。手机的电话铃响了，他低头把电话掏出来，隔桌的女孩子已经接起了电话，声音甜美地“喂?”了一声。

吴芳和陈明亮看了她一眼，又陷入沉默之中。

女孩子打完电话，招手叫服务员过来买单，她把杂志整理好，收拾了东西离开，经过陈明亮和吴芳身边时，冲他们笑笑。

陈明亮的视线尾随着她的背影，直到她从门口消失。二十几秒钟之后，她又出现在他们面前，隔着落地玻璃，她朝他们——确切说是朝着陈明亮——笑笑。

陈明亮并不掩饰自己的沮丧情绪。

服务生把咖啡送上来。

陈明亮一边喝咖啡，一边看着吴芳，他的身体完全放松下来，两条腿很舒服地对着另一个方向伸着。咖啡馆的百叶窗把光线隔成一条一条的。

他和别人不大一样，他打量吴芳时，好像在为她的长相犯愁，而不像别的男人那样，先是失望，然后蔑视。

吴芳的目光从陈明亮身上转到桌上。

绿茶放在面前，在阳光下面，碧绿碧绿的。

“我有一个朋友，她会用茶叶算命。”吴芳像是自言自语地开口说道。

陈明亮看了她一眼。

“她和人第一次见面时，能说出很多人大致的性格特征，还有大致的命运。”

陈明亮嘲弄地笑了，但身体却下意识地坐起来，摆出倾听的姿态。

“其实我也不太相信。”吴芳好像能看见他的心理活动似的，笑了笑，“我们认识有十多年了，初中高中都是同学，熟得不能再熟了，她忽然添了这个本事，让我吃惊不小呢。不过她从来不给我算，都是给别人算，尤其是第一次见面的人。很多人都说她算得准，还有不少人后来带着家人和朋友回头找她来算命呢。”

陈明亮的表情飞快地变化着，最后强调：“我不信。”

吴芳宽容地笑了。好像陈明亮说了天真的话。

“随便你怎么想吧。”

“我从来不信这种事儿，”陈明亮想了想，“要不你现在把你朋友找来，如果她算准了，晚上我请你们吃饭。”

吴芳学着陈明亮刚刚叫服务员的样子伸了伸胳膊：“你以为人家是服务员？你一挥胳膊她就过来了？”

“是不敢过来吧？怕动真格的吧？”

吴芳笑笑：“你怎么想是你的自由。”

“不是我怎么想的问题。”陈明亮的身子又坐下去了，嘲弄地说道，“我最讨厌骗子。”

“她不是骗子，”吴芳心平气和地说，“她只是会算命。”

“那你让她来算啊。”陈明亮把电话啪地放到吴芳的面前，“你给她打电话。”

“她确实来不了，”吴芳笑笑，“眼下她在外地呢。”

陈明亮得意地笑了：“还说不是骗子？”

吴芳温和地退让：“好吧，你就当她是骗子吧。”

陈明亮一时有些索然无味，他的身子又懒洋洋地陷落进椅子中间：“你为什么来相亲？”

吴芳没听明白似的看着他：“什么为什么？”

“你相亲的目的是什么？”陈明亮把音调加重了一点儿，“你想结婚？”

吴芳：“你不想？”

陈明亮用无聊的表情回答了她的问题。

两人沉默了一会儿。

吴芳扬手叫服务生过来：“买单。”

陈明亮看着她，不说话，也不动。

吴芳从椅子上面摘下包，从包里掏出钱包，从钱包里往外抽钱时，陈明亮伸手把她的钱包打落到包里。

陈明亮：“我来。”

吴芳：“我……”

陈明亮掏出钱来，放到账单上面，又把咖啡端起来，喝了一口。

4

两人一前一后从咖啡馆里出来。

陈明亮点了一支烟，抬眼看了看吴芳。

“那就……再见吧。谢谢你请我喝茶。”吴芳客气了一句。

“别客气。”陈明亮吐了一口烟，他斜睨了吴芳一眼，一副欲言又止的模样儿。

吴芳见他不说话，转身要走。

“哎……”陈明亮叫了一声。

吴芳停下脚步：“还有事儿?”

陈明亮指了指身后的一间酒店，吴芳扭头顺着他的手臂看过去。

陈明亮：“开个房怎么样?”

吴芳一时没反应过来：“嗯?”

陈明亮表情微妙地看着她。

吴芳明白过来，脸一下子沉下来，她没生气。心里还在犹豫着，手臂已经扬了起来，甩在他脸上的耳光很响亮。

陈明亮有些傻眼，愣住了。

吴芳转身走了。她的手指还有些激动，那上面残存着暴力的味道。

“这样你就纯洁了？就处女了?”陈明亮在她身

后喊。

吴芳转过身时，他把手里的烟扔掉，掉头向另一个方向走去。

吴芳追了上去。

“你怎么知道我不纯洁?！我不处女?！”吴芳的反问一直问到陈明亮的脸上去，陈明亮被她问得愣眉愣眼的。

吴芳打开包，动作性很强地拿出钱包，从里面抽出五十块钱，啪地搡到陈明亮的怀里。

“别以为你付了钱就可以胡说八道。”吴芳向前走去。

陈明亮几步就追上了她，拉住她胳膊：“生气了?我没恶意。”

吴芳用力一甩，把他的手甩掉。她的手臂扬起来时，在陈明亮的脖颈处划了一下。

陈明亮借机半开玩笑，笑着说：“哎，就算你是处女也得讲道理对不对?我怎么你了?你动手动脚的……”

吴芳不理他，叫住一辆出租车上去。

陈明亮想把钱塞回到吴芳的手里。

吴芳用力关上车门，把陈明亮的手臂和钱拒之门外。

吴芳对司机说了自己要去的地方，让司机开车。

“哎，你是处女了不起呀？”陈明亮在后面喊。

吴芳从镜子里看着他挥舞手臂的样子，笑了。

司机从镜子里看了吴芳一眼。

5

陈明亮把自己和吴芳见面的事儿全讲给张昊听了。

他们大学时是同学，毕业后又一起留校当老师。

张昊听见陈明亮挨打，乐坏了。

“你活该。欺负人家是处女老实巴交，结果怎么样？遭到反抗了吧？我倒觉得这人挺好。你不就想找一个和柳颖不一样的吗？”

他提到的名字像尖利的东西扎了陈明亮一下，他的眼睛立刻瞪圆了：“都跟你说了，少提她。”

“提都不能提了？你也太脆弱了吧？”张昊不以为然。

陈明亮拉着脸：“别站着说话不嫌腰疼。”

“谁站着说话了？你说这话才不嫌腰疼呢?”张昊嬉皮笑脸地说，看着远处在操场上训练的学生，“上大学那会儿我就跟你说过柳颖这人不行。记不记得有一次我跟你开玩笑说她轻浮，还特别黏人，干脆别叫柳颖了，改柳絮吧。你听了吗你？真是忠言逆耳啊，你不但不听，当时还把啤酒瓶子抄起来了，要给我点儿颜色看看。那次我就发现，你没救儿了你。柳颖是你的一个大陷阱，你迟早这么扑通一声，栽进去。”

陈明亮沉默了一会儿，扭头看着张昊：“她和那小子的事儿你以前知道吗?”

“我不奇怪。”

陈明亮瞪着他，他认真的时候特别像小孩子。

“我不知道。”张昊又进一步解释，“但知道了我也不奇怪。柳颖这种女人做出这样的事情来，特别正常。”

一只足球朝他们飞过来，陈明亮反应极快地伸出脚，踩住了滚动过来的足球。

一个学生跑了几步，朝陈明亮挥挥手。

陈明亮飞起一脚，把球踢给他。

“鞋带松了。” 张昊的目光落到他脚上后，没有随着球飞出去。

陈明亮低头看了一眼，真松了，他蹲下身来系鞋带。

“女人就像鞋，穿着穿着不跟脚了，那就随她去。”张昊又扮出哲学家的嘴脸，但他的幽默这次却长出了枪头儿。

陈明亮被他的话刺痛了。

他有时像小男孩一样容易被激怒。

“你什么意思？女人都有两只脚，照你这么说踩两只鞋还合理合法了？”

“我这不是打个比方吗？”张昊又好气又好笑，语气里带着明显的妥协，“你干吗呀？把数学扯出来了？”

“你会比方比方，不会比方瞎比方什么？”

张昊一眨不眨地望着陈明亮。

陈明亮看了他一眼。“有病啊你？眼睛瞪得跟牛眼似的。”

“你看见我眼睛瞪得跟牛眼似的还说我瞎比方？”张昊故作深沉地叹了口气，“你就是太较真儿了，那……”

陈明亮警惕地看着他。

张昊突然笑了："你怎么一下子想起开房的?"

"长得又不好看，还有什么可骄傲的。"陈明亮嘟囔了一句。

张昊乐不可支。

"长得好看就可以骄傲了？柳……"

陈明亮攥起拳头在张昊脸前比画了一下。他不想再去谈柳颖的事儿了，张昊的比方挺好的，就让她像柳絮一样，让风吹干净算了。

张昊把两手举起来。

陈明亮笑了笑。他想起刚相过亲的那个女人，表情本来就呆板，又戴着那么个可笑的眼镜，像苏联电影《办公室里的故事》里那个女干部，眼神儿也像。可那个女干部后来变得风情万种……

他想起这个女人有什么东西与别人不一样了。

她身上有神秘感。

"哎，"陈明亮用胳膊捅了捅张昊，"找介绍人再安排我见见那个女的。"

"你不是对她没兴趣吗?"

"她的钱在我这儿呢。" 陈明亮说。他知道这理由很勉强，但张昊并没多问。他知道陈明亮现在闲得发慌，他已经被他纠缠得快疯了，很高兴他能偶尔把目标转向别人。

6

吴芳早就发现，相亲的美妙之处在于，能遇到很多意外。

这个男人看上去并不是很有钱的样子，点菜的水准也很一般，但却全然是富豪的做派，大有一副指点江山的意思。

“你怎么不吃啊？多吃点儿。”他劝吴芳。

吴芳客气地点点头。

“你们知识分子，是不是都挺不在乎物质，只注重精神的？”

吴芳笑了笑：“这要看从哪个角度说了。”

他微笑着看她，似乎很为自己能提供这么一桌子丰盛的晚餐而得意。

“……你干吗那么看着我？”吴芳问。

他不回答，指着桌面：“你吃东西啊。”

吴芳应了一声，随便夹了一口青菜吃起来。

“我以前认识的女人，都挺爱钱的。”他的表情总是那么扬扬得意的，说到钱的时候，得意地叹息了。

吴芳看着他。

“我觉得这样挺好。女人爱钱，让我心里挺踏实的。” 他笑笑。

吴芳也微微笑了笑。

他把这微笑当成了鼓励，他用眼神儿向她传递这个意思，而他接下来的侃侃而谈也顺理成章地变得好像是出于对她的礼貌才说出来的：“对人也好做事也好，我喜欢有标准。比如说我那家店，虽然员工不多，三五个人，可大事小情也是有标准的。有些事儿虽然不像规章制度那么一是一二是二，也是……怎么说呢？有个约定俗成，这样才能……有的放矢。你明白我的意思吗？”

吴芳笑了一下，点点头。

他对她的反应很满意。

“你是聪明女人，这我一眼就看出来了。”

“你不喜欢聪明女人。”

“你看你看，你果然聪明。”他咧着嘴笑了，好像她的话是在夸他有品位似的，“不过不是你不好，而是……问题是不好确定标准，你明白吗？”

吴芳点点头。

他们沉默了一会儿。

“吃东西啊，你怎么不吃？”

吴芳又夹了一根青菜。

“别老吃青菜啊？吃这个……”他把盘子往吴芳跟前换了换。

吴芳笑了笑。

“我们以后可以做个朋友。你有什么困难，可以来找我。我会尽力而为的。如果经济上有困难……”

“你不用这么客气。”吴芳打断了他，她尽量用看上去很真诚的目光望着这个土包子，“男人有钱多好啊。我有个朋友，长得很漂亮，她就总说，男人不能穷，太穷就酸了，又穷又酸，越穷越酸，最难相处了。”

他的脸上露出愉快的表情。

吴芳也笑得很愉快：“她只和有钱的男人打交道，那些男人都有钱得吓死人。开的车都是奔驰宝马，开口说话就是几百上千万，比你还要有钱，但和你一样有……

啊，标准。你们成功的男人都很有标准。”

他的表情有些讪讪的，她是看着他开捷达车来的。

“我对钱倒没那么热爱。就像衣服似的，多一件少一件，其实差不到哪儿去。我那个朋友即使穿二十块钱买的牛仔裤，也能让很多男人眼睛发直。她长得实在太漂亮了。而我呢，就算穿两万块钱买的衣服，也没有人会多看我一眼。”

“话也不能这么说……”他吭哧了半天，才吐出一句话。

她原本还以为他又会让她吃菜呢。

7

吴芳接到介绍人的电话时，对她的问题多少有些惊异。她问她对陈明亮的印象怎么样。

她说就那样儿。

她说陈明亮对你印象很好。

是吗？这我倒没想到。吴芳打车去书店，她一边接电话一边让司机在书店门口停下来，她付车钱时对介绍人说：“我得进书店了，书店里打电话不方便，改天再聊吧。”

介绍人好像意犹未尽似的，问她在哪家书店。

吴芳说了名字，跟她道了再见，就把手机关了。

一个多小时后她拎着一兜书出来时，陈明亮手里拿着几张报纸在门口等着。吴芳没注意那个戴墨镜的男人，她从他身边走过去，他叫了她一声。

“吴芳……”

吴芳停下来，回头看了看，目光最后落在陈明亮的身上。

陈明亮把墨镜摘下来：“我是陈明亮。”

“嗯，你好。”

“我帮你拿吧。”陈明亮态度自然地从吴芳手里拎过书，仿佛他们是很熟的朋友，“呀，挺沉的呢。”

“你怎么知道我在这里？”问题出口，吴芳也想清楚是怎么回事儿了。

陈明亮伸手在吴芳面前比画：“掐指一算就算出来了。”

“我自己来。”

吴芳伸手想把书拿回来，但陈明亮躲开了她的手。

“你买这么多书什么时候能看完?”

“不关你的事儿。”

“你看你，怎么这么不友好。我费了好大的劲儿才找到你。”

吴芳板起脸来：“你找我干吗？还想和我开房?”

“你看你，怎么开口就说这个？这哪像是有文化的女人说的话。”

“那你让我怎么说?！说什么?!”

“你看你……”陈明亮的笑容在脸上凝结了，清了清嗓子。

“你把书还给我……”

陈明亮把书藏到身后，吴芳扑了个空。

“你到底要干吗?”吴芳看着他。

“你后来又去相亲了吗?”

“是啊。”

“有合适的吗?”

“关你什么事儿?”

“是不关我的事儿。”陈明亮四处看了看，“咱们找个地方喝咖啡吧？喝茶也行。对了，你不是还有个会用茶叶算命的朋友吗？没教你两招？要不你给我算算。”

“原来你是为这个来的，”吴芳的脸上露出会意的笑容，“想见我那个朋友？”

“不是不是不是……”陈明亮摆摆手，“当然认识一下也无所谓，哎，你千万别误会啊，你看你，又用这种眼神儿看人了……我主要是想跟你解释一下……”

吴芳看着他。

“那天，我是不太礼貌，可你不是也打了我一耳光了吗，咱们也算扯平了吧？”陈明亮有些尴尬地说。

吴芳笑了。

“你笑了？你笑了咱们可就扯平了。”

“谁跟你扯平了？”

“我请你喝咖啡，啊不是，是你请我喝咖啡，用你上次扔下的那五十块钱。”

吴芳沉吟着。

“我在这里等了你一个多小时，你不会这么冷酷无情吧？”

“谁要你等了？”

陈明亮摆摆手：“行了，求你请我喝杯咖啡吧。”

吴芳笑了，她四下看了看，指了指前面的酒店：“去那儿吧，有咖啡厅。”

8

他们往贵都酒店走，人行道旁边的铁栅栏上面缠绕着的藤蔓植物叶子开始变红，那种颜色细究起来很像一种铁锈。

“你一共相过几次亲啊？”陈明亮问吴芳。

“记不清了。”

“记不清了是什么意思？五十次，还是……”

吴芳笑了：“你呢？”

“就跟你这一次。”

“你条件这么好，”吴芳看了他一眼，“用不着相亲。”

“我条件好？”陈明亮苦笑了一下，过了一会儿自己忍不住又开口说道，“我以前有女朋友，处了好几年，结婚的房子都装修好了，又分手了。”

“为什么？”

陈明亮犹豫了一下，下定决心似的开了口：“她把我蹬了。”

吴芳很识相地闭上了嘴。

“除了我她还有个人。我骂她一只脚踩两只船，她还理直气壮地说她自己才是船，而我们……我和那个人……我们不过是桨，她用两只桨划了一阵子，挑了个顺手的，这有什么说不过去的。”

吴芳笑了。

陈明亮看着她，她努力收住了笑。

“现在觉得好笑，当时气得我简直……”陈明亮用手比画了一下，“搁谁谁都得生气，我们在一起五年多了，我不过就是一只桨？我说不过她，我就给她来了一下子，就像你对我那样。”

“那哪能一样？你多有劲儿啊。”吴芳看了一眼他的拳头。

“那倒也是。”陈明亮笑笑，“当时她就趴下了。呜呜地哭。我说你还委屈了?！你偷着乐去吧。你拿我当桨我才抡了你一巴掌，你要是拿我当成刀，现在你命都没了。”

“不管怎么说，男人跟女人动手，是最恶劣的行为。”

“我恶劣。那她呢？她恶劣不恶劣？”

两人此时已经站在酒店门口了，在旋转门前，吴芳退后一步，看着陈明亮被几扇门页搅进去。她站着没动。

门转动着。

陈明亮见她没跟上来，又转出来：“怎么了？”

“我不想喝咖啡。”吴芳笑笑。

“不想喝咖啡，想喝茶？”

吴芳没笑，表情认真地看着陈明亮：“也不怎么想喝茶。”

两人沉默了一会儿，门在他们身边旋转着。

“怎么了？我哪句话又说错了？”陈明亮看着她问。

吴芳笑了笑。

“你别笑，你这么笑我心里没底。”

吴芳笑了一会儿：“……你干吗又回来找我？”

陈明亮想了想：“你打了我。从小到大，还没谁打过我呢。”

“那你还来找我？欠揍？”

“欠揍，”陈明亮点点头，“还欠你钱。”

“我晚上约人了。”吴芳说。

陈明亮品味了一下她话里的意思：“……你有男朋友了？”

吴芳笑了笑：“还不知道呢。”

“不知道?!”

“要相过亲才知道合不合适？”

陈明亮一时语塞。

“那么……”吴芳找不到合适的话，冲陈明亮摆摆手，“再见了。”

她转身欲走。

陈明亮突然叫住了她：“哎，我跟你去行不行？”

“你跟我去?!”

“我闲着也没事儿，跟你去凑个热闹行不行？顺便帮你把把关。”

吴芳啼笑皆非：“你别开玩笑了。”

“我没开玩笑，真的。到时候我离你远点儿，保证不会打扰你的。”

9

相亲的地方约在茶馆。地点是她定的。她喜欢茶馆，明亮，清爽，透彻。很多时候，她真的相信茶叶能说话。相信自己听见了茶叶说的话。那些神奇而又神秘的绿叶子。既简单，又复杂。

可这次来茶馆她有些心不在焉，陈明亮坐在茶馆靠近门口的一个位置，她只要一抬头就看得见，她产生可笑的想法，仿佛是和两个男人在相亲。

这次见的男人很和善，也很殷勤。

吴芳透过他的肩头望过去，与陈明亮饶有兴味儿的目光相遇在一起，他冲她笑，她别转了脸。

吴芳把眼光从窗外的风景上转了回来，对男人微笑了一下：“今天天气特别好。”

他朝吴芳扣得紧紧的领口扫了一眼：“有点儿热吧？”

“还行。”

静场了一会儿。

“你整天读书上课，不觉得枯燥吗？”

"还行。"

"嗯……现在像你这么内向的女人可不多见了。"

"我有个朋友说，"吴芳笑笑，"我这个人的优点是保守，缺点是太保守。"

他的问题让她略微吃了一惊："男朋友，还是女朋友？"

"女朋友。"

他对她的回答露出满意的笑容。

"她长得很漂亮。男朋友换得比天气还快呢。"

吴芳看着他，他的脸像吃了很苦的东西那样皱紧了。

"是吗？"

陈明亮做了个手势，吴芳扬脸看着他。

他注意到吴芳的眼光，也转回头去。

两个刚来不久的女孩子恰好占据了他们望向陈明亮时的视线，她们的茶还没上来，坐下后先各自点上了一支烟。

"女人抽烟实在是太不优雅了。"

"是吗？可我不这么觉得。我的那个朋友也抽烟，样子很迷人，她说现在的女士烟味道清淡，抽完烟后即使接吻也不会让男人觉得讨厌。”

他被她最后那句话吓着了，警觉地看着她。

吴芳神色自若，好像在和他探讨学术上的事情。

“你的朋友是做什么的？”

“她也是研究生。”

陈明亮晃晃悠悠地朝他们这边走过来，假装刚认出吴芳的样子，一脸惊奇地：“吴芳？真是你啊？刚才我就觉得挺面熟的，没想到真的是你？”

吴芳抬头看着陈明亮。

陈明亮盯着坐在吴芳对面的男人，他看看陈明亮，又看看吴芳。

吴芳一言不发，也没有表情。

他只好开口：“遇上熟人了？”

吴芳这才淡淡地接了一句：“是我高中同学。”

10

那个男人被气走后，吴芳一直沉着脸。

陈明亮小心地打量着她。

“我是替你着想才把那家伙弄走的。”

吴芳冷脸看着他，不说话。

陈明亮经过几个小时的观察，越来越觉得她像《办公室里的故事》里那个女领导，发型和衣服很可笑，但她们并不乏聪明之处。

“哎，你这是什么态度?”陈明亮笑嘻嘻的。刚才他假扮她的同学把相亲的男人气走时，兴致勃勃的，快活劲儿溢于言表。“好歹我们也同学一场啊。”

“今天的事情到此为止。以后我们桥归桥路归路。老死不相往来。”吴芳并不是在乎刚刚走掉的男人，陈明亮眼睛里的光彩让她担心。

“你看你，长得文文静静的，还戴着眼镜，怎么说话这么绝啊。”

吴芳不说话。

陈明亮打量她：“你就这么着急嫁人啊？太不现代了。”

“我就这样儿。像我那朋友说的，吴芳，你这人的优点是保守，缺点是太保守。”

陈明亮笑了：“你的朋友很有趣儿。”

“你认为那是有趣儿？我倒觉得，她玩世不恭。她是她妈妈一手带大的，她妈妈的一些经历影响了她，你绝对猜不出来她妈妈是干什么工……”吴芳意识到自己失口，及时地闭了嘴。“总之，有一种女孩子表面上总是多么多么坚硬，实际上，那是脆弱的表现。”

陈明亮并没有忽略她的语误：“她妈妈怎么了？是做什么的？”

“没什么。”

“你别说半截话呀。”陈明亮把脸凑了过来。

“真没什么，”吴芳犹豫了一下，“她妈妈是化妆师。”

陈明亮没说话，脸上一副“你要我？”的表情。

“是给死人整形化妆的。”

陈明亮慢慢嘘出一口气。

“结婚的时候，她没说实话。她说她是护士。过了好几年，孩子都生下来了，她老公才知道她是化妆师。他们家发生的那些事儿，比电影还要离奇，是最好的作家都虚构不出来的故事。”吴芳看了一眼手表，“我得走了，晚上还有课呢。”

“你看你，正说到有意思的地方……”

“我真得走了。”吴芳站了起来，她看了一眼桌上点的东西，“你买单吧，这下我们两不相欠了。”

陈明亮伸手拉住了她：“明天我们见面吧？”

吴芳扭头看了陈明亮一眼：“你还有什么事儿？”

“没事儿也可以聊聊天嘛，就像今天这样。”

“不行，我明天很忙。”吴芳不等陈明亮回答，匆匆走了。

11

张昊本来以为自己会度过一个无聊的夜晚。见面的同学是他们大学同学，他只上了两年就提前退学了，几年不见，才不惊人貌不出众的家伙发了财了，发了财以后他很喜欢和当年住过一个宿舍的同学见见面什么的，又不喝酒，只喝咖啡。

他们的老同学让他们很难办，他要是特别讨人厌就好了，但他不那么讨厌，当然，他也不讨人喜欢。每天晚上花几百块钱去喝咖啡，而他们是体育系毕业的。

简直可笑至极。

今天下午他在电话里跟张昊说晚上有“惊喜”，张昊并不相信。他觉得那是他约他出去的诱饵而已。

两个，或者几个男人在一起喝咖啡忆旧，这可真是让人难受的事儿。

张昊本来想拉着陈明亮一起的，多一张嘴多些话题，气氛还能好点儿，但陈明亮不知道跑到哪儿去了。

“我给明亮打过电话，他手机没开。”同学跟张昊说，谁都知道他和陈明亮是铁杆儿搭档。

“他这不刚和柳颖分手嘛，他妈总给他打电话，他嫌烦，最近经常关机。”

“谈恋爱闹别扭是常有的事儿了，怎么闹得连婚都不结了？都多大了，还要孩子脾气?!”

“这事儿不怨明亮，都是柳颖的错儿。整天在这样的地方弹琴，林子大了什么样儿的鸟没有？不定多少鸟在她的那棵破柳树上筑过窝呢，分了更好。真要是结了婚，就像一口臭豆腐突然塞到口里，咽也难受不咽也难受，那不更遭罪？”

同学意味深长地笑了，他跟张昊说了“惊喜”的事儿。

张昊抬头朝弹钢琴的男生看了一眼："真的假的?"

同学责备地说："我什么时候骗过你?!"

张昊的眼睛在灯光下面闪烁着。

一个服务生从他们身边经过，同学叫住了他。

"朗朗怎么还没来啊?"

服务生解释："她的演奏时间是每晚八点到十点。"

"谢谢。"

"不客气。"服务生微微鞠了一躬走开。

"怎么样？要不要探险?"

张昊犹犹豫豫地望着同学，暧昧地笑笑。

陈明亮啊陈明亮，你不知道你错过了什么。张昊在心里感慨。

12

这个晚上过得真让人难以形容。

张昊有些云里雾里的，她身上的香味儿在人离开后反倒变得真实起来，不是普通女孩子那种熏得人恨不能晕过去的香味儿，而是……怎么说呢？张昊很为自己的想象力苦恼。

当张昊看见陈明亮屁股下面垫着报纸，手里握着啤酒，倚着自己的宿舍门时，他的心情一下子明朗起来。他跑到陈明亮身边时，踩到几个喝空的啤酒罐，声音在走廊里响成一片。从某个门后面传来骂声："大半夜的，想死啊？"

张昊边开门边压低声音问陈明亮："晚上打好几个电话找不着你，你怎么跑这儿来了？"

"闲着没事儿就过来了呗。"

陈明亮本来以为能和吴芳聊天打发打发时间的，她长得不好看，也并不善解人意，她的相亲之路看来还很漫长。

"我今天晚上可是干了一件从来没干过的事儿，太刺激了。"张昊有些兴奋，"我见到一个特神的女孩儿……"

陈明亮一头栽倒在张昊的床上。他喝了多少酒自己也记不得了。头晕。

张昊以为他睡着了，过去搡了他一把："哎……"

陈明亮不耐烦地："听着呢，你今天晚上见到了一个女神。"

“女神?”张昊扑哧笑了，“还神女呢?”

13

张昊有些描述不清那个叫朗朗的女孩子。

她在贵都酒店弹钢琴。她年纪很轻，但不是小女孩了。她的头发中分后披下来，上面缀饰了数不清的小小串珠，灯光打在她头发上后，那些串珠发出耀目的光彩。她穿了一件银色的裙子，腰身收得很紧，流露出动人的线条。手臂裸露着，手腕处也戴着和头发上的串珠相映成趣的饰物。

她是一个有光泽的女孩子，不是光彩照人，而是白银在夜里闪光的那种光泽。细致的，温婉的，柔软的。

在钢琴上面，放着一个很大的、可以称作是玻璃鱼缸类的东西，里面塞满了各种面额的钱。有一银色的小夹子是格外放置的，张昊走过去在小夹子里放上两张百元钞票时，她抬头看了他一眼，她的眼波像电流一样击中了他。

朗朗的身影被一束光打着，白色肌肤银色的衣服仿佛有着正被流水洇过去的感觉。

她弹奏的曲子是《水边的阿狄丽娜》。

以前柳颖也总是弹这类曲子。

她的手指在键盘上面弹着……对了，不能不提她的手指，以前以为柳颖的手指就是人间最美的手指，现在才知道天外有天，她的手指有魔力，是十个精灵的组合体。

在咖啡馆里喝咖啡时，张昊把她的手指握在手里的时候，就是这么想的。

如果我没有女朋友就好了。

张昊以为陈明亮会把话头儿接过去，但他没有。

他已经睡着了。

“这只猪……”张昊在陈明亮的身上踢了一脚。

14

陈明亮又把吴芳约出来见面。他到约定地点时，她已经到了，捧着一本书在看。他发现她身上有一种时下女孩子身上很少见的优雅。和柳颖是完全不同的类型，柳颖是靓丽的女孩子，走到哪里都光彩熠熠，吴芳不是。吴芳仿佛暗处的一株植物，常常被人忽略，但如果注目的话，她也能让人欣喜。

陈明亮走过去。

“对不起，来晚了。”

吴芳把书放在一边：“没关系。”

陈明亮看了一眼桌上的绿茶，招手叫服务生，要了一杯咖啡。

“你的那个朋友，他爸爸知道他妈妈是给死人化妆的以后，怎么样了？”

“你说找我有特别重要的事儿，”吴芳正襟危坐地看着他，“就是这个？！”

陈明亮嬉皮笑脸地说：“对啊。”

“你正经点儿行不行啊？”

“我怎么不正经了？”

“这是重要的事儿吗？”

“当然重要了，这两天我吃不香睡不好，光想着你讲的这事儿了，它已经干扰了我正常的生活，你说重要不重要？”

吴芳板起了脸，连表情也变得有棱有角的：“我知道你刚刚失恋心情不好，但我没有时间天天陪你开玩笑……”

“你怎么没有时间，”他的讥讽未经过大脑就脱口而出了，“你天天相亲，时间充裕得很呢。”

吴芳冷眼看着陈明亮。

“对不起对不起，不是故意要惹你生气的。你说你与其跟那些人干巴巴地坐着，还不如跟我聊聊天讲讲故事呢，是吧？晚上我请你吃饭。”

“我晚上有课。”

“哎，反正都出来了，就别把脸绷得跟鼓似的了。”

吴芳不说话。

陈明亮冲服务员说：“赶紧给我们这位小姐上茶。上最好的绿茶。”

“我已经有茶了。”

“那就添水，赶紧给我们这位小姐最好的绿茶添上水。”

吴芳笑了。

15

“……我见过她爸几次，那会儿我还上初中呢，他的脸色很特别，很难形容……白菜帮子见过吧？就是那种感觉，白里透着绿，皮肤好像透明似的。头发特别长，很乱。说话阴阳怪气的。我有一次去我这个朋友家，正好是中午吃饭的时候，她妈把菜端到桌子上，她爸皮笑肉不笑地看着她妈，问她妈：‘里面放毒药了吗？’当时吓了我一大跳，心想怎么做菜还放毒药呢？她妈也不说话，低着头。她爸又说：‘少在我面前板着死人脸，我倒了八辈子霉了娶了你这个丧门星，天天带着死人味儿回家不说，还见天儿板着死人脸给我看。’然后用筷子使劲儿敲盘子边，‘到底放没放毒药？放没放毒药?!’她妈低声说没放。她爸扬手就把菜拂到地上去了：‘不放毒药让我吃个屁?!’刚说完这句话，表情转眼就变了，马上就能哭出来似的，手这么拍着桌子，声音嘶哑地说，‘我求求你，发点儿善心给我来盘毒药吧。除了毒药我什么也不想吃。’我当时完全傻了，从来没见过这样的人，后来在上学的路上，我朋友跟我说，她爸是精神病，我立刻就相信了。”

陈明亮听得入了神：“他是精神病吗？”

“不是。他是故意那样儿的，折磨人让他有快感。”

“够变态的。”

“她爸总说自己瞎了眼睛娶了她妈什么什么的，其实，她妈才冤呢。她妈妈是个特别漂亮、特别温柔的女人，手长得也特别好看。我也是上大学以后才知道她妈妈是给死人化妆的，可我觉得那也无所谓啊。”

“你和你朋友的爸爸角度不同，”陈明亮笑了，“人家是夫妻，有些事情比较敏感。”

吴芳盯着陈明亮。

“你这种目光可不好啊，好像我多么多么那个似的。”

“我最看不起这种男人，自己没本事，找女人撒气。他不光打老婆，喝醉酒以后连孩子也打呢。”吴芳伸着胳膊给陈明亮比画，“有的时候，这胳膊上面的瘀伤袖子都遮不住。”

陈明亮的注意力从故事中间跳了出来，他很认真地看着吴芳的胳膊，“你可真瘦啊，不过，皮肤挺好的。”

吴芳一下子把手收回来，双臂交叉抱在胸前。

陈明亮笑了：“又怎么了？”

吴芳没说话，她的脸红了。

“我已经很久没看见过女人害羞了。” 陈明亮感慨了一句。

“你又来了……”吴芳叹了口气，她看陈明亮的目光就仿佛他是什么什么病的晚期患者似的，她把书往包里装，“我时间差不多了，要回学校了。”

“你又……”陈明亮又妥协地把语气放低了，“明天我们还在这里见面好不好？”

吴芳横了他一眼：“你别得寸进尺……”

陈明亮笑了，他强忍着才没把玩笑话说出口，得什么寸进什么尺了？

吴芳好像读懂了他的微妙心理，瞪了他一眼。

他想起她是读比较文学的，她应该学心理学才对。

“你要是不答应，我就只能到学校去找你了。”陈明亮说。

吴芳的动作慢下来，看着陈明亮。

陈明亮提出自己感到困惑的问题。

“你为什么相亲？”

“因为我要结婚。”

“那你为什么要结婚？”

吴芳没说话。

“因为你很寂寞，就像我一样。”陈明亮笑了，“所以说，我们这样喝杯咖啡聊聊天不是很好吗？”

吴芳看着陈明亮：“第一次见你时，我就猜出来了，你是个无赖。”

“别说得那么肯定，一锤定音。”陈明亮笑了，“其实我这个人，怎么说呢？就像你这杯苦丁茶，一遍根本冲不出味儿来，得续水，越泡滋味儿越好，颜色越绿。”

吴芳被他的比喻弄得哑然失笑：“还挺会往自己脸上贴金的。”

“这哪是贴金，只是想让你更深地了解了解我。”

“我早就了解你了。” 她淡淡地说。

“那就让我了解了解你。”

吴芳的笑容变得微妙了，把包背上：“再见。”

“那明天就算说好了，不见不散啊。”陈明亮跟着吴芳嘱咐。

“明天不行，后天吧。”

16

陈明亮不相信张昊的话。

“开始时我也不相信，但事实就是事实。”张昊说。

陈明亮朝弹钢琴的朗朗看。他们所在的角落可看见她的一个侧面。

朗朗换了一种发型，但发间仍然很多饰物。衣服也换过。

她弹琴的样子似乎世间所有的事情都与她无关。

张昊用胳膊捅了陈明亮一下：“要不要试试？”

陈明亮看了张昊一眼。他的心怦怦跳起来。

一个男人好像成心和他们作对似的，从他们身前经过一直走到朗朗那边，从鱼缸里掏出一个银色的夹子，把两张钞票放进去，把夹子放到钢琴上。

朗朗抬头看了他一眼。

张昊一直盯着他看，叹了口气：“完了，你今晚没机会了。”

陈明亮抬头看了一眼走回来的男人。

“这种事情就得当机立断，不能犹豫。”张昊很不高兴。

“那就下次吧。”

张昊有些失望，端起酒杯喝了口酒。

陈明亮望着朗朗："我好像在哪儿见过她……"

"这特性我也有。天底下所有的美女，我全都似曾相识。"张昊笑着拍拍陈明亮，"我们不愧是兄弟啊。"

陈明亮笑了："滚蛋。"

"看见她你明白了吧，柳颖就是这么一步一步走向深渊的……"

陈明亮的脸色变得难看起来。

张昊见状，很识相地转了话题："不提了不提了，你跟那个研究生研究得怎么样了？"

"你怎么跟更年期的女人似的，啰里八唆的。"

张昊一时气结："狗咬吕洞宾。"

17

《水边的阿狄丽娜》终于响起来了。

张昊和陈明亮都不说话了，专心听她弹奏。

这支曲子听起来很神秘，在音符讲述的故事里，阿狄丽娜在水边撩起的不是水波，而是轻纱。

一曲终了。

灯光熄掉。朗朗站起身朝外走去。

一个男人尾随着走出去。

陈明亮有些难过。这感觉很奇怪，怎么会对一个陌生女孩子产生这样的想法呢?

18

吴芳在讲朋友的故事。

“上初中那会儿，她跟谁都不太说话。她有个外号叫小笼包，因为有一次语文老师开玩笑，说她小小的年纪，脸天天皱得跟包子褶似的，外号从那以后就叫起来了。”她看了陈明亮一眼，“你们班里有这样天天苦瓜脸的小孩子吗?”

“我们队员个个壮得像牛。扯块红布他们立刻弯腰冲过来。”

吴芳笑了。

陈明亮的幽默感和他这个人很相近，有股勇往直前的劲头儿。

“后来呢?”

“后来?”吴芳想了想，“她爸爸越来越变本加厉，天天打她妈妈。说受不了她妈的手，让她妈无论干什么，都得戴着手套。睡觉时都得戴着。他们家有一面墙，扯了一条特别长的塑料绳，上面挂了几十双手套。再后来，戴手套也不能让她爸爸满意了，他说死人味儿还能从手套里渗出来，而他只要一闻到那味儿，就恨不得立刻去死。”

陈明亮真的生气了：“那就赶快让他死吧。”

吴芳笑了：“你是阎王爷呀，说让人死就让人死。”

“不死就离婚。”

“她妈还真提出要离婚了，可她爸又不答应。他说是她妈的双手扼杀了他一生的幸福，她妈要离婚可以，两只手得剁下来。”

陈明亮看着吴芳，沉默了一会儿，凑近到她面前问，“你不是在编故事耍我吧？哪有这样的事儿？”

吴芳看着陈明亮，过了一会儿，笑了：“我哪儿露出破绽了，让你听出来我是在编故事？”

陈明亮很近地看着吴芳，笑了：“我相信你讲的都是真的。”

“为什么？”

“我以前的女朋友属于不撒谎不说话的主儿，我知道女人撒谎时是什么样儿。”

吴芳笑了：“你的经验倒挺与众不同的。”

19

张昊坚持认为陈明亮应该和朗朗约会一次，这是一种特别的人生。他劝陈明亮，不能不体验体验。

张昊在这件事情上的坚持有些奇怪。他一向为自己的冷静理智而自夸，但这个朗朗把他弄得有点儿神魂颠倒的。虽然随着时间一天天过去，他已经不像前几天那么容易冲动了，但还是不断地怂恿陈明亮去找一次朗朗。

“你绝对不会后悔的。”

陈明亮看着张昊的笑容，并不认为这是一个好主意。但他也很好奇。那个像银子一样的朗朗身上散发出来的神秘气息的确很吸引人。

他们坐下以后，张昊不停地提醒陈明亮。

“今天别再失手了，她只要往钢琴前面一坐，你就冲上去。”

陈明亮没说话。

“听见没有?!”

“听见了。”

两人坐了一会儿。

张昊突然捅了陈明亮一下，他的脸一下子变亮了似的：“来了。”

陈明亮扭头，看见朗朗款款而来。很多男人的目光都滑过来，像聚光灯一样集中在她身上。她对这一切却视而不见似的，径直走到钢琴前面坐下。她在黑暗中坐了一会儿，然后把手轻轻地放在键盘上面。

琴声响起来时，灯光也随即点亮，好像是灯光受了琴声的惊吓似的。

张昊拍了拍陈明亮的肩，示意他过去。

“其实，我也没那么好奇……”

张昊瞪着陈明亮：“你是不是男人啊？难怪柳颖会甩了你。”

陈明亮也不高兴了：“跟你说过多少回了，少提她。”

“你这人就是这样儿，钻死角尖儿。”张昊指了指朗朗，“你跟她约会，谈谈，就会明白为什么柳颖会变成那样儿。”

陈明亮要说话，张昊用手势制止他，不让他开口：“你和柳颖好了七年了吧？一件衣服穿七年也得长成身上的一层皮了，何况感情？这又不是什么坏事儿，这两百块钱全当是洗衣费，把旧衣服的本色儿再洗出来，洗成一件新衣服，白的，上面可以画最新最美的图画，这多好！”

陈明亮看着张昊：“你这种人怎么当了教练了呢？你应该当作家呀。”

“我的才华到底有多少，咱们以后再讨论，当务之急，先把这事儿办了。”张昊把陈明亮从座位上拉起来，拍了他一下。

陈明亮朝朗朗看了一眼，朗朗目不斜视地在弹琴。长发上面波光荡漾。

陈明亮走过去，从鱼缸里掏出一个银色的夹子。把两百块钱夹进去，放到钢琴上面。

朗朗抬头看了他一眼。她在灯光下面，让人目眩神迷。

陈明亮一下子呆住了。

朗朗很快又把目光放到钢琴键盘上面。

陈明亮自己也为脑子里突然涌现出来的想法儿吃惊，但她们实在是……

“吴芳？”

朗朗没说话，自顾自地弹琴。

服务员过来请陈明亮回去。

陈明亮一边不住地回头，一边走回自己的桌前。

“你刚才跟人家说什么？”

简直难以置信。

“我早就说过看着她眼熟的对不对？我认识她。”陈明亮没意识到自己的激动，说话的声音有些高。

张昊朝四周看了一眼：“小点儿声。”

“她是吴芳。”

张昊没听明白。

“她是吴芳，”陈明亮朝朗朗看了一眼，“就是跟我见面的那个研究生。”

张昊笑了：“你是太紧张花眼了吧？”

“不可能。”

“什么不可能？”张昊朝四周看了一眼，压低声音跟陈明亮说，“这里的男人百分之百地想泡她，这样的女人还用得着到处去相亲?!”

陈明亮一时糊涂了。他扭头看朗朗，她被光笼罩着，琴声如诉，从她的手指下面流淌出来。

等到她弹《水边的阿狄丽娜》时，陈明亮的心跳也碎成粉末了。

“弹完这个曲子，你就可以跟她一起走了。”张昊对陈明亮耳语说，他已经说了好多遍了。

在大庭广众之下跟随着她走出去……

陈明亮站起来，“我去门口等她……”

“你别冒傻气了。”张昊拉住他，想了想又嘱咐了一句，“一会儿你可别吴芳吴芳地叫人家啊。”

一曲终了。

灯光熄掉。朗朗站起身朝外走去。

张昊示意了一下陈明亮。

陈明亮跟着她走出去。

20

地方是朗朗找的，她跟店里的服务生都很熟似的。

陈明亮想象了一下她和别的男人来这里的情形。

朗朗挑了一个角落里的位置，很清静。而且，最最重要的是，她点东西时，要了绿茶。

绿茶！

啊哈！

桌上的灯光很暗，把女人的皮肤照得很漂亮，晶莹剔透的。朗朗点了一支烟，烟卷细长，淡青色的烟雾在他们中间飘来飘去。

她的眼睑垂得很低，长长的睫毛遮住了她的目光。

陈明亮眼睛一眨不眨地盯着她看："我没想到，你的钢琴弹得这么好。"

朗朗抬起头来，看了他一眼，笑笑。把只抽了几口的烟摁灭。

服务员给他们送来饮料，一杯咖啡，一杯绿茶。

陈明亮看了一眼绿茶："你总是喝绿茶。"

"我想减肥。"朗朗喝了口茶，"而且茶很解渴。"

"你已经很瘦了。"

"有钱的人总是想更有钱，"朗朗笑了，"瘦的女人总是希望自己更瘦。"

陈明亮突然叫了一声："吴芳？"

朗朗抬头看他。

"你是吴芳，"陈明亮露出微笑，"别再装了。"

朗朗看了他一眼，掏出一支烟来，把烟盒递给他。

"我不抽烟……"陈明亮接着又改口，"抽一支也行。"

朗朗把烟盒递给他。

陈明亮刚把烟抽出来，朗朗的火就送到了眼前，她先给他点上火，接着给自己点上，顺手把手压在陈明亮搁在桌面上的手上。

陈明亮看到她的手，能让琴键流淌出旋律的手，纤细修长的手指，像艺术品搁在自己的手上。

"谁是吴芳？"她问。

陈明亮差点儿被她煞有介事的问题逗笑了："你呀。"

朗朗盯着他看，慢慢地在脸上绽放出一个笑容，她变换了话题："你有女朋友吗？"

这你还不清楚吗？！

"现在没有。"

“以前有几个?”

这倒是新问题。

陈明亮想了想:“三个吧。就算是三个。”

“三个? 怎么分手了呢?”

“高中时候一个,考大学时不在一个地方,就分开了。本来也是有一搭没一搭的。大学一年级时有一个,天天吵架,两三个月也分开了。后来又找了一个,上个月分手的。”

“这个是为什么分开?”

陈明亮看着朗朗:“我已经跟你说过一次了。”

“你这个人真有趣。”朗朗笑了,身体朝后面坐过去。她的笑容倒是陈明亮从未在吴芳脸上看见过。吴芳很少笑,即使笑也笑得很快,转瞬即逝。“不过,我告诉你,我见过的男人没有五百也有三百,不管你有什么目的,你最好别在我面前耍花腔。”

朗朗的声调软软的,但里面有硬的东西。像……像一个洗发水的广告,柔中带刚的头发才是漂亮的头发。现在人的形容词真是疯了。连头发都能用“柔中带刚”来形容。

陈明亮往前俯身，盯着朗朗的眼睛看：“你说我要花腔?!”

朗朗的语气有些厌倦：“不是你难道是我吗?!”

两人对视着，谁也不退让。

“你们两个连声音都很相似，我不可能弄错的。”陈明亮说。他的心里并不像他的语气这么强硬。

“我和谁？你嘴里的吴芳?”朗朗又露出笑容。

她的笑容像狐狸精一样让人心跳加快。但陈明亮此刻倒宁可见到她板起脸来的样子。

“当然了。”

“你别这么低级好不好?”朗朗吐了一口烟，“吴芳？朗朗？连发音都是接近的。你这种玩笑也太无聊了吧?”

“你真的……只叫朗朗，”陈明亮犹疑不定了，“没有别的名字了吗?”

“接下来，你是不是准备到我的家里看一眼，以证实我就是我呀?”她的表情仍然温柔，但也不掩饰厌烦之情，“在你之前，至少有七八个男人打过这种主意了。”

陈明亮一时无话可说。

朗朗把烟掐掉，伸手过去，用自己的手心贴着他的手心：“你的手可真大，能把我的手装进去。”

陈明亮也看着两人的手：“像个手套？”

朗朗看了看，笑了：“可不是嘛，真的像个手套？”

陈明亮沉吟了片刻：“有个和手套有关的故事，你听过吗？”

“什么？”

“有一个朋友，嗯，是一个女孩子，她妈妈的工作是给死人化妆，她丈夫起先不知道她的工作是这样的，后来知道了，变得很有心理障碍，干什么都让她戴着手套。”

朗朗笑了：“真的假的？哪有这样离谱儿的事儿？”

“是真的。”

朗朗的眼珠转了转，放缓语调问：“这个女孩子是你三个中的哪一个？”

“哪个都不是，你想哪儿去了？”

“你不想说就算了。”朗朗很善解人意地笑，她的手始终没离开陈明亮的手，她的手指缠绕着他的，一个白得像玉雕，一个像一片棕黑色的树叶，对比很鲜明，姿态也很暧昧。

陈明亮的血流得快起来："你为什么……要做这个？"

朗朗眯细了眼睛，她的涂了睫毛膏的眼睛显得娇俏可爱："哪个？"

"就是……和男人这个？"

"和男人……哪个？"

陈明亮清了清嗓子："和男人出来喝酒、聊天。"

"和男人喝酒、聊天，有什么不好吗？"

"……我不是这个意思。"

"那你是什么意思？"

"……你明白我的意思。"

朗朗笑了，她又点了一支烟，把烟冲着陈明亮的脸吐过去："这和弹钢琴一样是我的工作啊。又轻松，又有钱赚。"

"碰到坏人怎么办？"

朗朗好像听到拙劣的笑话，笑也不是，不笑也不是："什么是坏人？"

陈明亮一时语结。

朗朗轻弹了一下手指，一截烟灰落到烟缸里："这世界没有坏人，只有买卖人。"

21

两个小时很快就过去了。

朗朗提出离开时，陈明亮看了一眼手表，刚好到了说好的时间。他看了看四周，没有表，她的手腕上面也没有表，他不知道她是怎么把握时间的。陈明亮买了单，他们一起从酒吧里出来。

"你晚上工作，白天干什么？"

朗朗没回答，反问他："你白天工作，晚上干什么？"

"当然是睡觉了。"

"你真可爱。"她在陈明亮脸上亲了一下，转身走到街边拦出租车。出租车停下来，她拉开车门，冲陈明亮挥挥手："我走了。"

陈明亮跟过去："我们能再一起出来吗？"

朗朗不置可否地笑笑，对司机说："开车。"

陈明亮看着车开走。

22

陈明亮拎着一方便袋罐装啤酒敲张昊的宿舍门，好几个房间里都传出了动静。

张昊睡眼惺忪地把门打开。

陈明亮跨步走了进去。

“你神经病啊你……”张昊揉着眼睛骂了一句。

陈明亮轻车熟路地把灯打开，屋里传来女人的尖叫声。

陈明亮看见床上张昊的女朋友飞快地拉过被子盖上了自己，他飞快地转回了身子，顺手把灯又关掉了。

张昊在黑暗中的声音一下子变得清醒了：“我忘了告诉你我女朋友在这儿了。”他往外推陈明亮，“有话明天说，你快回去吧。”

陈明亮用脚钩着地，不让张昊把自己推出去：“我保证一眼，不，半眼也不往床上看还不行吗？我就是想找你说说话儿，我一肚子话，不说非憋死我不可。”

“你神经病啊你，”张昊压低了声音凑到他耳边儿说，“也不看看我现在是什么火候……”

陈明亮双手扛着张昊的手：“这么着，你上床躺着，我在地板上坐着，也不用开灯，我就跟你说说话儿，行不行？”

“你他妈的是完全疯了……赶紧出去，要不然我喊警察了……”

陈明亮一屁股坐在沙发上：“那你喊警察吧，你把警察喊来我就不纠缠你了，我一肚子话就跟警察说。”

张昊突然凑过来，在陈明亮身上用力吸气。

陈明亮往后缩：“干吗你？”

“你也没喝酒啊，没喝酒耍什么酒疯？！滚滚滚滚滚，赶紧滚出去。”

“你就当我有病，精神不好，行不行？！”陈明亮赖着不走，“我十点多钟跟人喝咖啡，现在精神得不行。”

张昊在黑暗中搡了陈明亮一把：“现在这是说事儿的时候吗？”

“我知道，我明白，我能这点儿事都不懂吗？我就是不想一个人回家，太孤独了我受不了，我在这儿待着，你们该干吗干吗，就把我当成一个破家具，行不行?!”

陈明亮边说边从方便袋里拿出一罐啤酒打开，启开时，发出嘭的一声。

张昊实在没办法，扭头问被子里的人：“你听听，他说的这叫人话吗?”

张昊女友从被子下面传出笑声。

23

陈明亮挥舞着手臂。

吴芳朝他走来：“我没迟到吧?”

“没有，是我早到了。我替你叫了绿茶。”

“谢谢。”吴芳朝四周看了看，“你最近盯上这个地方了?”

“这里光线好。一般的咖啡馆灯光老是弄得迷迷糊糊，跟卧室似的，正经人待时间长了也难免会变得居心不良。”

吴芳原本端正地坐着，听了陈明亮的话，连表情也更加端庄起来。

陈明亮盯着吴芳看：“其实，仔细打量起来，你也挺漂亮的。”

“你干吗？想安慰我？”吴芳变得很不自然。

“不是，你属于冷不丁一看很一般，但越看越好看的那种女人。”

吴芳轻声叹了口气：“你老这么没有正形儿，怎么为人师表？”

陈明亮一本正经地说：“我以德服人。”

吴芳笑了。

陈明亮忽然伸手把她的眼镜摘了下来。

吴芳哆嗦了一下，飞快地用手挡住脸。“你干吗？”

“我想看看你不戴眼镜时什么样儿。”

吴芳一只手捂着眼睛，另一只手伸出来：“还给我。”

“就看一眼。”

“给我！”

“就看一眼。骗你是孙子。”

吴芳的语调变了：“给我！！！”

陈明亮不说话，沉默地望着吴芳伸出来的手，苍白、骨感，纤柔的手，如果不是颤抖得很厉害，和昨天夜里的手倒真像呢。

吴芳把手放下了，她的眼睛有些红，眼眶有些发黑，愤怒至极地盯着陈明亮。

“对不起。”陈明亮小心地把眼镜慢慢放到朝他伸过来的手里。

吴芳把眼镜戴上，伸手去抓包，她起身时，与刚好过来送饮品的服务员撞到一起，茶和咖啡泼翻在她的衣服上。她尖叫了一声。

24

吴芳去洗手间清理弄脏的衣服，陈明亮站在洗手间门口，背对着门，做着检讨。

“对不起啊，我真的不是故意的……我只不过想和你开个玩笑，不是想对你怎么怎么样……咱们虽然说不上是熟人，可好歹也算是朋友了，也喝过几次咖啡聊了几次天了，你那么聪明，一眼就能看出我其实是个厚道人……没什么坏心眼儿，就是喜欢开开玩笑什么的，对不对？……真的，你别生气，你一生气，我心都碎了……只要能让你不生气，我什么都愿意做，你看行不行?”他冷不丁一回头，吓了一跳，吴芳就站在他的身后。

“你怎么跟鬼似的走路都没有声音？吓死人不偿命啊?!”

吴芳冷冷地看着陈明亮：“你说的，只要我不生气，你什么都愿意做，是不是?”

“对。我说的?”

“说话算数?”

“什么叫算数？一诺千金。”

“我们的朋友到此为止，从现在开始，你走你的阳关路，我走我的独木桥。就当我们从来没认识过。”

陈明亮犹豫了一下：“行，但有一个条件。”

吴芳瞪着他。

“你走阳关路，我去走独木桥。独木桥不好走，我不能让你一个女孩子，还是研究生，还是近视眼走啊？不好走的路由我来走。”

吴芳板着脸，终于绷不住，笑了。

25

他们又回到刚才坐的位置，又重新要了咖啡和茶。

吴芳跟陈明亮又坐下来。

他身上那股热情洋溢的劲儿让人很难拒绝。相过亲的男人很多，像他这样执着的倒是头一回遇上。

“你有时真让人受不了。”吴芳叹了口气。

“话不能这么说，有你那个神秘朋友的混蛋爸爸垫底，天底下哪还有坏男人？”陈明亮嬉皮笑脸地说道。

“你错了。”她冷冷地说。

“难道……”他的眉毛扬起来。

“他死了十多年了，早就不是坏男人，而是恶鬼了。”

“……怎么死的？”

“被人杀死的。”

“真的吗？”

吴芳看着陈明亮，他的欢乐表情让人难以接受：“你怎么这么没同情心？听见杀了人还兴高采烈的。”

“我不是没有同情心，这得分对谁。”他喝了口咖啡，“别卖关子了，到底是谁为民除了害？”

吴芳意味深长地笑笑，看了一眼手表。

“你干吗看表，不是一讲到有意思的地方就给我来个下回分解吧?”

“没有答案。”

“没有答案?!”

“我认为没有。”

“你认为?!”

吴芳想了想:“这个事情当时轰动极了,没有不议论的。杀夫案啊,你想多刺激。但闲话一传多了就容易走样儿,有说她妈手持利刃在她爸身上捅了三十多刀的,还有说她妈用斧头把她爸剁成肉酱的,还有的别提了,说她妈趁她爸睡着时,割了他的喉咙的,还说血喷得满墙红艳艳之类的,反正,谣言都传疯了。出事儿的时候,我的朋友也在场,她亲眼看见了全过程。她说那天一大早她眼皮就跳得不行,简直控制不住,心慌极了。她爸死了以后她在学校可出名了,大家都在背后指指戳戳的。事情过了很长时间以后,有一次说起这事儿,她说是她杀了她爸爸。”

“她杀的……她当时多大?”

“十四五岁吧。怎么了?”

“没怎么。”陈明亮笑了,“还未到法定年龄。即使杀人也不用偿命的。”

“可她跟我说这事儿以前，她妈妈已经因为过失杀人进了监狱了。”

陈明亮看着吴芳。

“她妈在法庭上承认是她杀的人。”

“有证据吗？”

“只能说有过程，不知道算不算证据？她爸是在厨房里被杀的，当时她妈正在炒菜，她爸喝多了，要强奸她妈。她妈不肯，跟她爸反抗了几下，她爸就急了，抓着她妈的头发往锅上撞，那会儿炒菜的锅都是挺厚的铁锅，她爸那么用力，就把她妈的头都撞破了，血一流出来，哗啦一下就是满脸。我那朋友吓坏了，哭着跑过去拉她爸爸的腿。他那时候已经很疯狂了，她没拉住不说，还被她爸飞起一脚，踹到心口上，当时就躺在地上起不来了。她妈一看她这样，真急了眼，抄起铁锅朝她爸头上砸过去，把她爸砸晕了，本来这也不至于有生命危险，但他倒下时，撞到一把削土豆皮的刀上了，就这么一下子，正好把脖子这个地方的静脉割断了，她爸就这么死了。”

陈明亮呆呆地看着吴芳。

“我这朋友说，她爸不是误撞到刀上的，是她把刀抄起来，朝她爸脖子上来了那么一下子。”

陈明亮说不出话来。

“你干吗？”吴芳的表情飞快地变化了几次，最后冲陈明亮笑了笑，“给你讲故事呢，你还当真了？”

“……后来呢？”

“都跟你说了是故事，哪有后来？”

“故事也有后来，后来呢？”

吴芳叹了口气：“她妈妈过失杀人，判了二十年。”

26

故事也讲完了，他们也没有必要再见面了。

陈明亮却不这么想。他发觉和吴芳的见面虽然平淡，但也不乏愉快，他不想让这种关系中断。她离开时，他在后面跟着她。

吴芳起初不理他，但发现实在甩不掉陈明亮时，停下了脚步。

“你还跟着我干吗？”

“一起吃晚饭吧？”

“都跟你说了我有课。”

“你撒谎。”

吴芳板起了脸。

“你拿出这副表情我也知道你是在撒谎。”

吴芳笑了：“从你女朋友那儿学会明辨是非真伪了？”

“我跟你回学校去看一眼，你要真有课，我保证从此以后不再纠缠你。像你说的，反正故事讲完了。”

“你又来这一套了。”

陈明亮非常严肃地说：“我发誓。”

吴芳不相信他：“你老这么开玩笑，有意思吗？”

“我没开玩笑。”

吴芳拿他毫无办法：“好吧，我承认，我晚上没有课。”

陈明亮的脸上露出灿烂的笑容。

“不过我真的有约会。”

“相亲？”

吴芳点点头。

陈明亮一时无语。

“现在可以让我走了吧？拜拜。”

吴芳转身刚要走，被陈明亮一把又拉了回来。

吴芳刚要发作。

陈明亮指着自己：“你觉得我这个人怎么样？”

吴芳望着他：“什么怎么样？”

“我这个人啊。你愿意和我谈恋爱吗？”

吴芳用力甩臂，想挣脱他：“你这个人怎么这么无聊啊？”

“我是认真的。”

“那好，”吴芳放弃挣扎，盯着陈明亮的眼睛回答，“我也是认真的，我不愿意。”

“为什么？”

“你呢？你又是为什么？你喜欢我什么？”

“我不知道，”陈明亮有些迷迷糊糊的说不清楚，“可能是你说话时的语调吧。”

“语调？”吴芳苦笑了一下，我承认我想结婚，也经常去相亲，这都是我自己的事情，是我愿意做的事情，我知道我自己长得丑，不讨男人喜欢，但我宁可让男人拒绝我，也不接受你这种人的这种建议。你把别人当成什么了？扶贫对象?!”

“我不是……”

“你不要再和我说话了。我再也不想和你说话了。”吴芳拦住一辆出租车，上车走了。

27

张昊不在宿舍。

陈明亮想找个人说说话儿，他现在无法忍受一个人待着。

他发现他在乎那个总是板着一张脸的吴芳了，今天傍晚她离他而去时，他心里有些怅惘。那不是因为失恋或者别的什么情绪造成的，只是因为她。

她有什么好呢？带着她出去吃饭肯定会招来哥们儿的同情。以前带柳颖出去可不同，她总是能成为最引人注目的女人。她和吴芳是完全不同的两种人。

陈明亮后来想起来应该去找谁了。

见到朗朗的时候，他的心狂跳起来。他想他为什么不能一个人待着呢？为什么一定要找人呢？即使一定要找人的话，为什么不能像以前那样在张昊的门口等他回来呢?

他不敢承认自己想见朗朗。他对自己说，我只是想找个人说话，说说吴芳。而朗朗，除了弹钢琴以外，就从事着陪人说话的工作。

朗朗的笑容在灯光下美艳如花。

陈明亮希望她的笑容，如果她不是出于工作的角度而笑的话。

“怎么了？心情不好?”

陈明亮苦笑了一下。

“说给我听听。”朗朗温柔地劝他。

如果她的脸不化妆，如果她的头发是直的，如果她不是穿这身衣服，如果再戴上眼镜……

朗朗用手在陈明亮眼前晃了晃。

陈明亮回过神儿来。

“我好像越来越不了解女人了。处了七年的女朋友，快要结婚了，她突然成了别人的老婆。”

朗朗笑了：“以前都是怨女比较多，现在，好像倒是怨男越来越多了。”

“我并不怨她，真的，我恨她，但不怨。这件事情最打击我的人不是她，是我自己。天天和我生活在一起的女人有了外心，而且有了行为，时间没有一年也有半年的，我竟然一点儿都没察觉。你说我是不是蠢到了一定程度?!”

“你不蠢，你只是相信她。”

“可现在在朋友眼里我是地地道道的笑料，是个蠢货。”

“在别人眼里我还是一只鸡呢?”朗朗淡淡地说道，神情自然，“可事实上，我充当的是心理医生的角色不是吗?”

陈明亮笑了：“你是我所见过的最漂亮的心理医生。”

朗朗捏了一下他的鼻子：“我一直拿你当老实人看，想不到你还挺油嘴滑舌的?”

“我以前的女朋友也是弹钢琴的。”

朗朗用语气表现出对陈明亮所说的话根本不信：“真的吗?”

“是真的。她叫柳颖，你没听说过她吗？我们是师大同学，她在音乐系，我在体育系。毕业以后，她留校当老师，我去体院当了足球教练。我们决定结婚，她业余时间到酒吧里弹钢琴。这段时间有……差不多一年半吧。她真的赚了不少钱，我们按揭买了房子，装修好了，连婚纱照都拍了，但是突然间，她跟我分手了。”

“可能你们没缘分吧。”

“是没缘分。”

“也许我们待会儿从酒吧里出去，你就能遇上一个梦中情人呢。” 朗朗甜甜地说道。

陈明亮看了朗朗一眼：“你还说我油嘴滑舌？你才真是油嘴滑舌呢。”

“这不是油嘴滑舌，这是我的职业道德。你们出钱请我陪你们聊天，我得让你们如沐春风才行啊。”

陈明亮的微笑消失了，变得有些沮丧。“你不用老提醒我这个吧？我又没打你什么坏主意。”

朗朗用指尖在他脸上轻轻划了划，轻声细语地说：“你长得这么帅，我恨不能打你主意呢。”

明知道她是职业习惯，陈明亮的心还是动了动，他苦笑着说：“你要真这么好心，就带我回家吧。”

朗朗笑了："狐狸的尾巴终于露出来了！"

"我现在最恨的地方就是我的家。"他顿了一下，从朗朗的烟盒里抽出一支烟，"房子装修得特别好，都是高档材料，家用电器也是最高级的。可我待在家里总觉得全身不自在，好像我女朋友还住在那里似的。上中学写作文时一到结尾处就写什么什么影响深远之类的话，现在她对我、对那套房子就是'影响深远'。"

"你把女朋友形容成这样儿，我都有些嫉妒了。"朗朗沉默了一会儿，笑了，"她很漂亮是吧？"

"没有你漂亮。"

朗朗娇俏地打了他一下："她叫吴芳？"

"不不，不是。吴芳是另外一个人。"

"是新女朋友？"

"不是，但是朋友。"

"已经有新朋友了，还做出一副苦瓜脸给谁看呢？"

"今天我向她求爱，被拒绝了。"

朗朗立刻做出无限同情的表情："这就难怪了。"

她的态度中有很多虚伪的东西，但不讨人厌。

"你们俩真的很奇怪，长得很像，但又截然不同。

我也形容不清楚那种感觉。”陈明亮有些迷惑，“她也喝绿茶。”

“你真的让我好奇极了，改天带她来让我见见好不好？”

“试试吧，”陈明亮想起吴芳离开时，决绝的动作，“不过把握不大，今天下午我狠狠地把她得罪了两次。”

朗朗笑了：“是吗？给我说说吧。”

28

吴芳消失了。

陈明亮每次打电话，电话那边总是服务台小姐的声音：“你所拨打的移动电话已关机……”

陈明亮有些魂不守舍的，他不知道那是什么？是爱情？应该不是吧。他们之前见了这么多次，回想起来，从没有一次意味深长地凝眸，吴芳似乎是一个不知柔情为何物的女人。除了一个断断续续的故事，他什么也不了解她。连故事也还是发生在别人身上的。

张昊也看出他反常：“你认真了？真要找个干面包似的女硕士？”

“谁干面包？你女朋友才是干面包，你也不管管，看她那头发烫得跟方便面似的。”

“完了完了完了，一听你这么说话我就明白了，”张昊看着陈明亮，“你一被女人套牢，就立刻丧失立场。重色轻友。”

“她哪有色可重？干巴巴的……”

张昊笑了。

“笑什么笑？”

“你神经病啊，我笑你还管？”

陈明亮一边掏手机打电话一边冲张昊瞪眼：“不许笑。”

张昊不理他。

电话还是不通。

29

陈明亮找不到吴芳，整天来张昊的单身宿舍泡着。张昊一看见陈明亮，做出要撞头的表情：“我说，你就饶了我吧，行不行？”

陈明亮给他看手里的冰淇淋：“天气这么热，我是来给你送冰淇淋的，不识好歹的东西。”

“我不想吃冰淇淋，我就想自己待一会儿，可以吗？”

“可以。你让我天天陪着你我还不一定答应呢。”

张昊倒头就睡，陈明亮一点儿也不见外地把沙发上的衣服扔到床边，坐下吃起冰淇淋来。

张昊闭着眼睛躺了一会儿，终于扛不住，坐了起来。

陈明亮笑了，把一盒冰淇淋递过去。

张昊接过来吃。

“跟你商量件事儿。咱们换换房子怎么样？”

“换房子？”

“我搬过来，你搬过去。”

张昊看着陈明亮，那是他准备结婚用的新房：“你真是疯了。”

“哎，我那是三室一厅换你这么个破地方，你还不愿意？！”

“没错儿，我不愿意。”

“那就没法子了，”陈明亮变得理直气壮的，“我只能过来打扰了。”

张昊气不打一处来：“我真受不了你。不就一个柳颖吗？没了这棵歪脖树，咱还不上吊了?!”

陈明亮一脸苦恼地说：“问题是别的树也不让我上吊。”

30

张昊和女朋友约会时，陈明亮偶尔去找朗朗。

一想起朗朗他就想起钢琴上面那个精致的银色夹子，陈明亮的心就紧一下。

她和别的男人在一起时也和自己一样吗？如果那些男人不是放两张而是放二十张呢？朗朗还是只陪着他们聊天吗？

张昊只见了朗朗那一次，现在，他仿佛从一场梦里苏醒过来，变得理智了。他对陈明亮去找朗朗很不赞成。

“不是我存心打击你，对她，你还是趁早死了心吧。这个小女子可非同一般。她是那种森林型的女人，表面上到处都是路，实际上转来转去才发现还在那个林子里原地踏步，根本没路。”

陈明亮心里认可，嘴上不服气：“你怎么知道？”

“别忘了，我比你先到森林里转了一圈儿呢。”

“那是不是还有另一种女人，表面上看没路，实际上处处都是路？”

“没错儿。”张昊笑起来，“那叫罗马型女人，条条大路通罗马。”

陈明亮也笑了。

“两个取一个的话，”张昊说，“你还是把精神头儿多往研究生身上放放吧。丑妻近地家中宝。老人的话难听，但管用。”

“谁说她丑?!”陈明亮瞪了张昊一眼，“她是那种越看越顺眼的。”

31

朗朗也和张昊的意见一样。陈明亮最近一次去找她时，她用温和但坚定的语气劝他：“以后不要再来找我聊天了。”

“为什么？”

“对你来说，这种聊天太奢侈了。”朗朗一针见血地说。

陈明亮没吭声。他在吴芳面前的幽默感到了朗朗面前完全派不上用场。他不知道这个陪人聊天的女孩子有什么好让人紧张的，但他确实紧张。

“如果你寂寞，应该好好找个女朋友。”

“谁说我寂寞？”

朗朗微笑。

“……我有女朋友。还是个女硕士呢。上次给你讲的故事，就是她好朋友父母的故事。她还会……用茶叶算命。”

朗朗做出惊奇的模样儿。

“真的，她很让人惊奇。”

朗朗看着他：“看你的表情就知道你很喜欢她。”

“怎么说呢？她身上有种能让我感觉到亲切的东西。白菜豆腐之类的。”提到吴芳，陈明亮觉得一下子放松起来，“她和你完全不同。”

“怎么个不同法儿？”

朗朗看着他，她在灯光下面的脸有种夺目的光彩。

“你能让男人晕过去。”

朗朗乐不可支：“我是一闷棍，或者药片？”

陈明亮不笑：“你有男朋友吗？”

“几百个。” 朗朗大大方方地回答。

“我是指……”

朗朗用手拍了拍陈明亮搁在桌上的手：“别说傻话了。”

的确是傻话。陈明亮心想。他的情绪很沮丧。

朗朗也不说话。她用手托着手里的茶杯，看里面的茶叶。

“给你讲个故事吧。”陈明亮打破了沉默。

朗朗很配合地露出笑容。

陈明亮给她讲了吴芳给他讲的故事，没忘记在最后阐明自己的观点。

“她妈妈因为故意杀人罪判了二十年。很不公平。其实应该算是正当防卫。最多也就是个防卫过当。”

“你怎么这么说呢？那是一条人命啊！”

“她爸爸这种败类怎么能算得上是人啊？人人得而诛之。”

朗朗沉吟了片刻："其实，我爸就是很没出息的男人。在县城出生的，一个偶然的机会写了个话剧，那会儿还是'文革'呢，一下子就出名了。成了风流才子，少年才子，调到省里来。那时候也有追星族，只不过不像现在这么狂热。我妈年轻时长得漂亮，被我爸从好几百个姑娘里挑了出来。结果，他这一辈子就写了那一个剧本，就风光了那几个月，我妈跟他结婚以后，一点儿福也没享着，罪倒是遭了不少。我妈总跟我说她是核桃命。结婚前水灵灵的，看着招人爱，结了婚发现是硬核，黑乎乎的，难看，还硌人，再往后，把核砸开了，露出里面的核桃仁儿，才又好了。"

"你就是那核桃仁儿？"

朗朗笑了："没错儿。"

"你妈做什么工作的？"

"眼下她是一家手套厂的厂长。"

"那你爸呢？他现在干什么？"

朗朗转眼看了看别处，有些不耐烦地说："他死了。"

"死了？"

“一次意外。”朗朗用手在脖子上比画了一下，咧着嘴角嚓了一声，“像你讲的那个男人一样。”

陈明亮呆呆地看着朗朗。

朗朗笑了：“跟你闹着玩儿的，当真了?!”

陈明亮一时找不到合适的话：“不是……我就是……你可别吓唬我。”

“从明天开始，我换到别的地方去了。你不要再来找我了，来了你也找不到我。”

“为什么……换地方?”

“一直就是这样的。过一段时间就换一个地方。”

“……不是因为我吧?”

“当然不是。”朗朗笑了笑，“女人都喜欢变化。千变万化，所以男人才喜欢用妖精来形容女人。”

陈明亮眼睛一眨不眨地盯着朗朗。

朗朗用一根手指在陈明亮眼前画着弧线，逗他笑：“过了今天晚上，妖精就化作一缕青烟消失了。”

32

他们在夜里十二点钟的街头分手，每次都是。朗朗没像以往那样迅速地打车走掉，她转身看着陈明亮：“抱抱我。”

陈明亮很意外，轻轻抱住了她。

她很瘦弱纤细，好像稍一用劲儿就能捏碎似的。他的动作小心翼翼的。以前柳颖双臂交叉搂住他的脖子时，他觉得她像一条蛇一样，艳丽，刺激，而又纠缠不清。

“在吴芳讲的那个故事里，如果我是她的同学，那次谋杀就是故意的。不存在过失。”朗朗在人的怀里突然幽幽地说了一句。

陈明亮没想到她会说这个，一时想不出合适的话题来。

朗朗从他的怀抱中退出来，她伸手招来了一辆出租车，很快地坐了上去，出租车开动后，朗朗从窗子里探出身子冲陈明亮摆了摆手：“再见。”

33

朗朗临别前说的那句话让陈明亮惆怅不已。他没打车，顺着街道往前走，午夜时分的街道上行人极少，空气凉爽。

陈明亮拨手机时，更像是一种习惯，没想到电话接通了，吴芳的声音传了过来：“喂？”

“你……我是陈明亮，”陈明亮让她吓了一跳，“你这几天跑哪儿去了，手机也不开，人也找不见。”

“我出门儿开会刚回来。”

“开会？开什么会？”

“笔会。”

“笔会？”

“你找我有事儿？”

“没事儿就不能找你了？”

“没事儿的话我要休息了。坐了一天的车，挺累人的。”

“哎，我想问你，”陈明亮不想这么挂电话，“你同学的妈妈有没有可能是故意杀她丈夫的？她想办法激怒了她丈夫，然后和女儿一起杀了他。”

“你疯了吗？怎么会有这样的想法？”

“她整天受虐待，肯定想杀了她丈夫。”

吴芳沉默了一会儿：“不是的。”

"你凭什么那么肯定?"

"……因为故事是我编的。我根本就没有这个同学。要是有的话，我早就让你见了。"

34

她们之间的相似之处不只是绿茶。她们能够很轻易地把人引领进一种虚拟的情境中，当别人深陷其中时，她们会突然一个转身，说这一切都是玩笑。

像那句歌词:"你把我引到了井底下，割断了绳索就走啦。"

陈明亮觉得自己就像那个在井底下的哥们儿。

吴芳跟他说对不起时，脸红了。

"你说你这人，长得老老实实文文静静的，满嘴谎言还讲得有鼻子有眼睛的。"陈明亮叹了口气，"你颠覆了我的世界观。"

"是你自己缺乏辨别力。"

陈明亮苦笑了一下:"你还……有理了是不是?"

吴芳把自己的那杯绿茶放到陈明亮眼前:"看见这茶叶了吗?"

“当然。”

“你看这茶叶的颜色和形状，还有这杯水……”

陈明亮看着茶，又看着吴芳。

“这就是我讲的故事。”

陈明亮蒙了，坐直了身子：“哎，你别拿我寻开心好不好？我读书没你多，脑子没你复杂，你别这么云里雾里的，简单点儿说行吗？”

吴芳笑笑：“本来就很简单啊。”她从茶叶筒里倒出一点儿茶叶，和茶杯摆在一起给陈明亮看，指着没冲泡的茶叶，“这是事实真相，”又指了指那杯茶，“这是我讲的故事。”

陈明亮左右看了看，抬头看着吴芳。

吴芳微笑着。

陈明亮点了点头：“有点儿明白了。”

吴芳笑了。

“那事情的真相是什么？”

“事情的真相在我给你讲的故事里。”

“怎么绕着绕着又绕回来了？”

“不可能绕回来。人不能两次踏进同一条河流。”

“你别老这么说话行不行？特别做作，而且……”陈明亮有些忧心忡忡地望着吴芳，“你知道你身上缺什么？”

吴芳望着他。

“女人味儿，你给男人留的印象总是硬邦邦的。”

吴芳不大高兴：“什么硬邦邦的，你当我是死人？”

“没说你是死人。”他看着吴芳，“你怎么回事儿你？读书太多脑子糊涂了？该敏感时不敏感，不该敏感时特别敏感……”

吴芳要发作。

陈明亮摆摆手：“不是我说你，就你这样儿，再相一千回亲，也不成。你得换个活法儿。”

吴芳笑了，好像就等着他提相亲这事儿似的：“我这次在杭州还相亲来着。那个人是博士后，是评论家。”

陈明亮瞪着她：“你有相亲的瘾啊？左一个右一个的？”

吴芳脸又板了起来，横了他一眼：“你管得着吗？”

“我管不着，但我关心你，你说你老去相亲，老被人嫌弃，你也不怕伤自尊……”

吴芳看着陈明亮。

陈明亮有些结巴了："我……我的意思是说，你眼前就有彩虹，干吗还要不断地去经历风雨呢?"

两人对视片刻。

"你别老去相亲了，真的，你和别人不一样，现在社会多复杂啊，万一碰到坏人怎么办？你又不像别的女人那么坚强。"

"你怎么知道我不坚强?"

"就凭你这嘴硬我就知道了。坚强的女人哪有像你这么说话的，女人越坚强越是轻言细语的。"

"看不出你这方面还挺有阅历的。"

"不是阅历的问题，是眼光的问题。我有一双慧眼。"

吴芳笑笑，端起杯子喝水。

陈明亮看着她喝水。

"你朋友的妈妈进了监狱以后怎么样了？放出来没有?"

吴芳放下杯子看着他："不是跟你说了是编的吗?"

"知道。你接着编给我听。"

吴芳笑了，想了想："她前年就被提前释放了。"

"是吗？为什么？"

"在监狱里表现好呗。"

"然后呢？"

"她发现在十五年的时间里，世界完全变了模样儿。所有她看到的听到的，都让她觉得陌生，她患了失眠症，睡不着觉，后来神经也衰弱了，最后她和我同学商量了一下，又回到监狱里去了。"

陈明亮吃惊不小："回监狱？"

吴芳笑笑："对啊。她在监狱里待着才舒服呢，监狱里有工厂，她以前是工厂的标兵模范，回去以后当了厂长呢。"

"什么厂？"

吴芳顿了一下："什么厂？对啊，在监狱里开办的是什么厂呢？"她看着陈明亮，"你知道监狱里都有些什么样的工厂吗？"

陈明亮看着吴芳的眼睛："手套厂怎么样？做手套的？"

"好啊好啊。就手套厂吧。"

陈明亮看着她。“你的朋友长什么样儿啊?”

吴芳看着他。

“我的意思是说，她在你的想象中是什么样儿啊?”

吴芳沉吟了一下：“你自己想吧，想什么样儿就是什么样儿。”

陈明亮又想起那句歌词：你把我引到了井底下，割断了绳索就走啦。

35

“朗朗辞职了……”

张昊跑来告诉陈明亮这个消息。

陈明亮只是笑笑。他担心的是吴芳也消失了。

张昊让他带出来给大伙看看。

陈明亮打电话给吴芳，她不肯答应。

“……那是我自修的时间。”

“还修啊? 再修成修女了。”

“你要没什么事儿我挂了啊?” 吴芳在电话里不想多说了。

“有事儿有事儿。”陈明亮有些低声下气地说，“就不能例外一次吗？我都答应人家了。给我留点儿面子吧。”

“我晚上真的没空。”

“你就当相一次亲行不行啊？”

“你这个人……真是莫名其妙，你跟朋友吃饭要我去算什么意思？”

“你说什么意思？！我什么意思你现在还不明白？！”陈明亮发了两句火，又把声调放低了，“你这人怎么这样啊？”

“我本来就这样儿啊。”

“对对对，你本来就这样儿。有病的人是我。”陈明亮气极而笑，“可我现在找不到比你更好的灵丹妙药了，你就救死扶伤一回不行吗？”

张昊从办公室里出来，一脸坏笑地问他：“怎么着？不灵啊？”

陈明亮冲他笑笑：“谁说的？没问题。”他朝电话里，“哎，我跟朋友约时间呢？你几点能过来？！”

“我还没答应你呢。”

陈明亮自说自话：“八点？太晚了吧？”他抬头望着

张昊，“晚点儿行吗？她晚上有两节课，下了课才能来。”

“陈明亮……”

陈明亮不由她分说：“那就这么定了，晚上我去学校接你。”

吴芳在电话里沉默着。

“再见。”陈明亮挂了电话。

“什么课啊？”

陈明亮有些心虚地笑笑：“我哪知道啊，比较什么吧。”

张昊哧哧地笑起来：“晚上上课，还比较？比较什么？!”

“你小子，狗嘴里吐不出象牙来。”

张昊笑：“我是吐不出来，你吐一个给我看看。”

36

陈明亮等着，吴芳从学校里走出来。

陈明亮冲吴芳笑笑：“对不起啊，又把你拉下水了。”

吴芳没说话。

陈明亮看了一眼手表："我们先去商场，然后去吃饭。"

"去商场干吗？"

"给你重新包装一下。"

"不用了，我这样挺好的。"

"没说你不好，我只是想让你更好。"他伸手拉住吴芳。

吴芳往外挣脱着："哎，你放手……"

陈明亮不放，盯着吴芳。

吴芳不再挣扎，也盯着陈明亮。

"不敢去吗？"陈明亮放开了她的手。

吴芳沉默了一会儿："走吧。"

37

吴芳从试衣间里走出来时，陈明亮觉得自己产生了错觉。

比《办公室里的故事》更让人惊奇。

下楼时，他牵住了她的手，纤细的手腕，修长的手指。

他们没朝对方看，也没说话。

38

餐馆里坐着张昊，张昊女朋友，以及男人丁和丁女友。他们一副惊异的表情看着陈明亮带着光彩照人的吴芳走进来。吴芳穿着T恤衫牛仔裤，头发不着饰物，直直地披在肩上，看上去十分清纯可人。

张昊吃惊得几乎合不拢嘴，扭头冲陈明亮用口型说道："不会吧?!"

陈明亮没说话。

张昊女友在旁边看了张昊一眼。

大家互相介绍，场面乱了一阵子。

张昊握吴芳的手时有些微妙的停留，但吴芳像对待其他人一样笑容可掬地把手抽出去了。

几个人坐好。都是笑盈盈地，又都互相看着。尤其是对吴芳。

张昊指着吴芳，对大家说："人家吴芳是硕士呢，真是才貌双全啊。"

“我们喝一杯吧？为明亮和明亮的女友。”有人提议。

张昊赞许地看了一眼说话的人：“你什么时候变得这么会用形容词的？”

“一见到美女就会用了。”

大家笑着，纷纷举杯碰了一下，各自喝了一口，把酒放下。

张昊女友：“美女一来，男人立刻都伶牙俐齿了。”

陈明亮看了一眼吴芳：“美什么女啊？也就一般人吧。”

吴芳笑笑。

“你小子，得了便宜还……”张昊有些千言万语一时无从说起的感慨。

他女友冷冷地在旁边接了一句：“我发现你今天话比往常多啊？”

“你话也不少啊。”

“哎呀，那是我错了，”张昊女友拍了拍他的脸，“对不起啊亲爱的。”

张昊没说话。

陈明亮看气氛有些僵，指着吴芳对大家说：“对了，你不是会用茶叶算命吗？要不你给大伙算算？”

“我哪会算命啊？……”

陈明亮在桌子下面踢了吴芳一脚。

吴芳神情自若地：“最多只能看看爱情。”

“就是让你看爱情。我们最在乎的就是爱情了。”

“怎么算？”

吴芳刚要说话。

陈明亮抢着说：“就看看你们茶杯里的茶叶就行了。”

酒桌上响起一片瓷器的声音，张昊第一个把茶杯举到吴芳的面前，但张昊女友随即把杯子压到了张昊杯子的上面。

张昊女友扫了张昊 眼，张昊把杯子拿回去了。

吴芳看了一眼茶杯里的茶叶，又抬眼看了看张昊的女友。

张昊女友盯着她。

“你是一个很聪明的女人。”吴芳把目光放到茶叶上面，思忖着慢慢说道，“也很有手段，善于把握男人的心理，让男人按照你的意图、围着你团团转；但你做事情太急于求成了，太急躁，能很快地征服男人，也能很快地露出自己的破绽。实际上，你是一个外强中干的女人，感情方面总想巧取豪夺，难免会让男人反感，他会慢慢努力摆脱你。总而言之，你是那种能让男人一见钟情的女人，但不适合和男人长期相处，很难获得持久不变的爱情。”

场面安静下来。

只有桌上的火锅汤在沸腾。

张昊女友的脸色变得很不好看，她把茶杯拿回到眼前，盯着看了一会儿，故作轻松地对大家做了个鬼脸：“看来，我得赶紧把自己嫁了才行。”

“那也没用。形式改变不了命运。”吴芳淡淡地说道。

张昊女友终于绷不住了：“什么是命运？这几片破茶叶？”

“有些时候，命运就是几片茶叶。”

陈明亮在桌子下面踢了吴芳一脚。

吴芳转头看着他：“你踢我干什么？”

陈明亮脸红了，面对着众人的目光，尴尬地笑笑：“你看你……”

“不是你让我看的吗？”她转头冲张昊女友笑笑，“别当真啊，刚才是我跟你闹着玩儿，瞎说的。”

“我本来也没当真。”

“那太好了。”

陈明亮端起酒杯：“我敬大家一杯吧？”

大家纷纷举杯。

陈明亮特意和张昊女友碰了一下杯子。

39

这个夜晚很多事情都变得不对劲儿了。失控。

张昊女友不断地举着杯子跟陈明亮干杯，她的情绪很激动。

刚把酒喝掉，她又把杯子添满了：“陈明亮，再来一杯。”

张昊看了她一眼：“你别再喝了，行不行？”

她看都不看他，只盯着陈明亮：“来，干杯。”

“求你了，我真的不行了。”

“你干不干？”

陈明亮看了一眼张昊，无奈地举起杯子：“最后一杯啊。”

两人把酒干了。

张昊女友又去拿酒。

张昊挡了她的手一下：“没酒了。”

张昊女友招手叫道：“服务员，再拿五瓶啤酒。”

张昊把她的手拉下来：“你疯了你？！”

“你才疯了呢？我们出来不就是吃饭喝酒的吗？”

“你别太过分了你。”

“谁过分了？”她冲送酒过来的服务员说，“把酒全起开。”

“别起别起，我们不喝了。”

“谁说不喝了？你不喝我还喝呢。起开，全起开。他不付钱我买单。”

服务员把酒起开，走了。

张昊女友给自己的杯子倒上酒，又给陈明亮倒上酒。

陈明亮赶紧用手挡住杯口，张昊女友不放弃，把酒直接倒到陈明亮的手上。陈明亮无奈，把手拿开了。

张昊气得说不出话来。

“来，陈明亮，”张昊女友笑嘻嘻地冲陈明亮举起杯子，“干杯。”

“我真的不行了……”

“你不干了你没种。”

陈明亮看看张昊，他脸色铁青，坐在他另一侧的吴芳却什么表情也没有，好像眼前发生的一切统统与她无关。陈明亮把酒喝掉了。

张昊女友也把酒喝了，伸手又去拿酒瓶子。

“我求求你了，别再折腾了，行不行?”

张昊女友没理他。倒满自己的杯子，又给陈明亮倒。

张昊把自己的杯子放到女友面前：“来，给我倒上，我跟你喝。”

“你跟我喝我还不跟你喝呢，我今天就想跟陈明亮喝。来，陈明亮，干杯。”

“我真不行了，马上就要吐了。”

“你不喝你没种。”

“我没种，我没种行了吧?”

张昊女友看了他一会儿，笑了：“好吧，你没种。把酒拿来，我替你喝。”她伸手想把陈明亮的杯子拿过来。

陈明亮拿着杯子躲开了，他看了一眼张昊。

张昊伸手在女友肩上搂了一下：“差不多就行了，好不好?”

“不好。人生得意须尽欢，莫使金樽空对月。”

“你别闹了，行不行?”张昊的耐心用尽了，声调高起来。

“你冲我叫什么叫？我最烦男人冲我叫了。”

张昊看了看众人，强忍着：“行，我不冲你叫，你乖乖地坐一会儿。”

“我怎么不乖了？我这么喝酒是为谁呀？还不是为你吗？你喜欢人家陈明亮的女朋友是不是？我成全你。”她小声地，仿佛密谋似的凑近到张昊身边，用所有人都能听见的声音说道，“我把陈明亮喝趴下，喝没种，这样你才有机会呀……”

张昊伸手拉了女友一把：“你越说越上脸了，是不是?!”

众人赶紧把张昊拉住。

陈明亮拉了张昊一下：“你干吗?”

张昊女友愣愣地看着张昊，借着酒劲儿笑了：“谁上脸啊你说谁上脸?！我怎么了我？不就是想喝杯酒吗？这愿望很过分吗?”

一直沉默不语的吴芳突然举起酒杯：“来，我跟你喝。”

大家吃惊地看着吴芳。

张昊女友也看着吴芳以及吴芳的酒杯，她笑了，把自己的酒杯放下了：“不喝了，再喝，我亲爱的该不高兴了。”张昊女友在张昊鼻子上刮了一下。

张昊把她的手握住，对吴芳解释：“别理她，她今天真喝多了。”

吴芳笑笑：“刚才我是跟她用茶叶闹着玩儿的，你们可千万别当真啊。”

“这事儿怨我，是我先开的玩笑……”陈明亮说。

张昊笑笑：“没事儿，真没事儿，我压根儿就没当真。”

“我当真。”张昊女友摇晃着摆摆手，她冲吴芳笑了一下，“你算得确实很准。特别准，真的。”

40

把吴芳带来吃饭是一个错误。

他们从商场出来时就应该单独找个地方谈谈。

他有太多的话想说了，但反而一句也说不出来。就像发生意外时，大家都从一个地方往外挤，结果团在门口成了一个结，谁也走不掉一样。

他太激动了，有些不知所措。结果这火引到别人身上着起来了。张昊的女朋友成了垫背的人了，那些失态的举止原本是要发生在他或者吴芳身上的。

吴芳坐上出租车，这回陈明亮没犹豫，他飞快地拉开车门也坐了进去。

“你干什么?”吴芳问。

“我们得谈谈。”陈明亮说。

“还有什么好谈的?”她幽幽地说了一句。

他不开腔，手紧紧地攥成一团。

41

陈明亮让司机把车开到他们第一次见面时的咖啡馆。

他们——确切说是陈明亮——要了两杯茶。

“朗朗现在在哪儿?”陈明亮问。

“谁是朗朗?”吴芳问。

陈明亮笑了笑:“你说呢?”

“我不知道。”吴芳说道。

她今天和以往任何时候都不一样，她板着脸时，不像往日的吴芳，表情严肃得到了刻板的程度，她浅笑盈盈时也不像朗朗，眼波荡漾时让人心神俱醉。

陈明亮想起他以前听吴芳讲故事，然后又把同样的故事讲给朗朗听。

他是个身材高大的男人，却像乒乓球一样在吴芳和朗朗之间跳来跳去。

他笑起来。哈哈哈。别人会以为这是一个喝醉的人发出的笑声。

但不是。刚才喝的那些酒像咖啡一样，不，比咖啡更令人醒神。他从来没这么清楚过。从来没有。

哈哈哈。他想自己，越想越好笑。天底下没有比自己更好笑的人了。他的笑声听上去不像自己发出来的。

“别笑了。”吴芳说。

陈明亮还笑，他笑得几乎收不住了。

她伸手握住了他的手，轻轻叹了口气：“你这个傻瓜。”

桃 花

夏蕙有一副冷灶肠。

季莲心跟夏蕙外婆说。夏蕙十二岁以前，季莲心偶尔带着她回外婆家过年。那会儿外婆家做饭还用烧柴，大铁锅锅盖一掀开来，一厨房的雾气，她们背对着夏蕙，季莲心往灶里添柴，外婆则往覆盖了白纱布的竹帘子上面贴馒头。

外婆说了句什么，夏蕙没听见。

夏蕙一直记得这句话。倒不是记恨什么的，季莲心十二岁开始唱戏，是跟着戏曲故事长大的，春恨秋愁，对什么都有点儿怨怨的。从小到大，季莲心说夏蕙的地方多了，嫌她什么都随了老夏，个子虽然高，但骨头架子太大，身体老是硬邦邦的，一副抻不开揉不烂的呆板相儿；性情又各色，不爱说不爱笑，门帘子偶尔还摘下来换洗呢，她的脸一年到头挂足三百六十五天。有一次季莲心以为夏蕙不在家，跟老夏发脾气，一下子把话扯远了，说也难怪女儿跟自己这么隔阂，她根本就是个阴谋的产物，是老夏用强力种下的一粒种子，虽说也在季莲心的身子里发芽长大了，但夏蕙每个细胞都体会了当母亲的悔意恨意，所以她完全是逆着季莲心的心思长大的，一样是怀胎十月生出的女儿，人家得了个贴身小棉袄儿，她却生出块石头来。

“石头好啊，” 季莲心一数落夏蕙，老夏就打哈哈掺沙子，“《红楼梦》就是由一块石头写出来的，所以叫《石头记》。”

夏蕙长相随了父亲，性情也随父亲，季莲心天天发牢骚，她和老夏全当她在家闷出了毛病，闲发了戏癫，骂也由她骂，闹也任她闹，全当身边在上演一出戏，热闹激烈都是季莲心自己的事儿。

夏蕙上了高中以后，季莲心把对她的不高兴从嘴皮子上一并收进眼睛里去了。一是女儿大了，本来跟她就不亲，如今更是一句话听不顺耳，就跟她装聋作哑，十天半个月别指望她开口；二来，社会上各种生意各种老板各种机会越来越多，季莲心在家的时间越来越少了。夏蕙早晨去学校，下了晚自习回来，有一半时候，见不到季莲心的人影儿。老夏倒是天天在家，抽烟看球赛，守着厨房里的两个砂锅，一个是给季莲心的，一个是给夏蕙的。

“高考可不得了，千军万马过独木桥。”老夏一见夏蕙进门就起身整理饭桌，把砂锅像宝贝似的端到她面前，“多吃多喝，有体力才能把别人挤下去。”

喝着老夏煲的汤，吃着老夏做的饭菜，夏蕙经常在心里琢磨季莲心说她的那句“冷灶肠”，这是个病词，季莲心可以说她是冷灶，或者冷心肠，但她把这两个比方捏到一起了，弄得半生不熟的。

夏蕙在大学里读最后一年时，老夏出了车祸，她毕业留校后，住进了教师单身宿舍，条件一般，厕所和水房是公共的。对季莲心，她解释说要一边教课一边读硕士，回家住的话时间太紧张了。还有一层夏蕙没说出来，老夏一死，家里原来的热烈气氛也跟着走了。这回可真是冷锅冷灶了，要是再加上母女两人无言时对视的冷眼，更应了“寒天饮冻水”那句话了。

对夏蕙住校的事儿，季莲心哪怕连一句“我老了，遭人嫌弃了”的调侃都没有，好像夏蕙不自己识相提出来的话，她没准儿还要劝她继续在学校里待着呢。老夏死了不到三个月，季莲心就把原来的三室一厅卖了，在黄金地段最好的小区里买了个一室一厅，装修得像五星级酒店套房，同时兼有五星级酒店套房没有的女人味儿和文化气息。老房子里的东西季莲心一件也没带过来，就连她的衣服，也好像从里到外都是新买的。季莲心还换了发型，后面烫成波浪，额前留着刘海儿，像《罗马假日》里的赫本。这种俏皮要是搁在一般中年女人的身上，肯定无法卒睹，但季莲心就没问题，优雅文静，婉约古典。

夏蕙每个周五回家看季莲心。季莲心这半辈子都是由老夏侍候着过来的，不爱做饭，她们就出去吃。到后来，两个人干脆约在饭店见面，一起吃饭，聊聊天气、健康等话题。

吃过饭，她们还有其他的娱乐节目。季莲心喜欢舞台表演，每天在报纸上搜罗演出的消息，话剧、歌剧、舞剧、京剧以及其他剧种，都是她喜欢的，她们还看过马戏表演和魔术比赛，从夏蕙那方面说，跟季莲心在一起度过一些时间就像遵守某项法律，是必要而且也是重要的，至于具体以什么方式来遵守，倒无关紧要。和季莲心在剧院里消磨的那些时光，她怀着“既来之、则安之”的心理，时间长了，倒也慢慢体会出演出的各种妙处，加上季莲心时不时地对她品评、感慨几句，这些感受和评论，变成了她跟朋友、同事，以及学生们相处时的谈资，夏蕙一向话少，偶尔来上几句“原来姹紫嫣红开遍，似这般都付与断井颓垣”之类的唱词也好，斯坦尼斯拉夫斯基的舞台美学也好，宛若绿锦缎的被子翻出一截猩红里子，让人惊艳。在夏蕙任教的外语学院，她的修养和品位是令人推崇的，她对母亲的孝心也被人传颂。

没有演出看的日子，季莲心带夏蕙去喝咖啡。她总是能找到新开的咖啡馆。有五星级咖啡馆，有会员俱乐部，也有几次是在小巷里头，开车左弯右绕地折腾了半天，最后在黑暗中看到一串闪烁的霓虹灯，廉价的彩色珠子似的，在夜色里欢快地跳跃着。

咖啡馆里面也不怎么样，钻进鼻子里的不是浓郁醇厚的咖啡香气，而是空气清新剂的味道。灯光昏暗，每张桌子上都点着水漂烛，要有特别好的眼力，才能看清其他顾客的脸。

夏蕙想不出季莲心是怎么找到这些地方的，是谁带她到这样的地方喝咖啡的？

疑问是疑问，她却是一贯随遇而安的样子，跟着季莲心在一个座位上坐下来。

“这里有个歌手，很会唱蔡琴的歌。”

要么就是：“这里的沙发坐着蛮舒服的。”

沙发确实很舒服，像一个怀抱，让人留恋的理由是你随时可以离开，而且肯定会离开。

那个唱歌的女孩子也真唱得好，并没有一味模仿蔡琴，而是另辟蹊径，有一些地方她随机做了改变，低的地方挑高，高的地方她却唱得模糊，中年的沧桑味道因此而改变，变成了青春的寂寞。

一瞬间，夏蕙想起老夏煲的汤，泪盈于睫，那些汤水之于肠胃，也是浪花的手，也是某种温柔。

喝咖啡的时候，季莲心会问一些和男人有关的问题。

“最近有没有人给你介绍男朋友？”

“没有。”

“有没有人对你感兴趣？”

“好像没有。”

“那有没有认识有可能性的人？”

夏蕙笑了。

“你还笑？”季莲心盯着夏蕙的脸，淡淡地说，“眼角都有细纹了。还有你的皮肤，最近熬夜多了吧？脸色怎么那么暗淡？油脂分泌得太多，皮肤又缺少水分，眼袋都出来了。你这个样子怎么会吸引男人注意呢？”她一边说一边从包里摸出一面镜子，让夏蕙自己看。

夏蕙扫了一眼镜子，吓了一跳，镜子有放大功能，皮肤毛孔像一个解析图，确实有点儿问题。

“那就不吸引呗，我又不靠色相吃饭。”

季莲心从鼻子里笑了一声：“你靠什么吃饭是你自己的事儿，男人却是从色相上给女人分门别类的，不同类别区别可大着呢。”

“那就守身如玉。”

“能守身成玉倒也罢了，”季莲心慢条斯理地说，“怕只怕，守不成玉，倒变成一截枯木。”

“形状好的枯木还能当艺术品呢。”夏蕙说，“比起跟一个不爱的人将就着过日子，锅碗瓢盆乌烟瘴气好得多。”

“锅碗瓢盆有锅碗瓢盆的好处，乌烟瘴气有乌烟瘴气的道理，生活离不开这些东西。”

夏蕙想起老夏，他大学毕业时，大学生还相当金贵呢，他是学生会主席，毕业时顺利进了机关，前程似锦，又娶了个美若天仙的演员老婆，谁能想到，十分红处便化灰。老夏的生活就此定格，在机关，是个唯唯诺诺的小公务员，在家里，是混杂着汗味儿、油烟气、酒气、臭脚味儿、烟味儿的长工。从夏蕙记事开始，家里的主卧室就由季莲心独霸着，老夏冬天睡客厅里的沙发，夏天，在地板上铺一个凉席，肚子上搭条毛巾被就对付了。

“你对自己的婚姻生活满意吗？”夏蕙问。

“说不上满意，也说不上不满意。”季莲心说，“你爸是个好人。”

“你爸”？听季莲心的语气，仿佛老夏只是夏蕙的什么人，跟她一点儿关系也没有似的。从血缘上来讲，确实如此。但是，夏蕙打量着季莲心，她的青春是怎么留住的？还不是老夏煲汤煲出来的？三十年啊，一万一千多天，那些汤汇流一处也该成条河了吧？可这么多的热汤热水也没把她的胃肠暖过来。夏蕙又伤感又气愤，还说我是冷灶肠？你季莲心才是冷灶肠，连心、连血、连骨头渣子都掺着冰碴儿。

“恋爱一定要谈。”季莲心说，“人这一辈子也是分春夏秋冬的，恋爱是日暖风和的四月天，是人生最好的一段日子。虚度了好年华，你会后悔的。”

夏蕙读硕士的时候，带她的导师同时带着另外几个硕士生和博士生，在博士生中间，有一个叫章怀恒的男生，寡言少语，很自恋的样子。硕士生和博士生的课不同时上，只是偶尔有外来的教授开座谈会时，他们才会遇见。章怀恒孤傲，夏蕙清高，认识半年了，他们还没说过话。

第二个学期开始没多久，有一个周末，从下午开始下雨，先是毛毛雨，然后是小雨，到夏蕙走到校门口打车时，雨点已经变成黄豆大了，校门口等活儿的出租车全都被人打走了，夏蕙站在一家鲜花店门外，衣服被雨打湿了一半，抻着脖子四下看的时候，章怀恒开车停在了她的身边。

他替她打开车门："去哪儿？我送你。"

夏蕙早就听说章怀恒的家庭颇有点儿背景，但没想到他连私家车都有了，还是奥迪A6。

夏蕙上了章怀恒的车，车里的空间其实不小，但章怀恒也是长臂长腿的高个子，两个人并排坐着，有些局促，尤其是刚刚在外面等车时，头发上身上淋了雨，在逼仄的空间里，散发出淡淡的腥气，更让夏蕙觉得窘迫。车开出去好长一段，还是章怀恒先笑着开口："我的话够少了，你倒比我还沉默。"

夏蕙笑了笑。

"她们都坐过我的车，"章怀恒接着说，"一坐进来就像麻雀似的，问东问西，叽叽喳喳地闹人。"

她们？夏蕙想，她们是谁呢？

那天的雨是个急脾气，到后来，真是像用盆泼过来似的，视线非常差，好容易把车开到夏蕙跟季莲心约好的饭店，夏蕙跟章怀恒说："你进来坐坐吧，这么大的雨，开车太危险了。"

章怀恒犹豫了一下，说："好吧。"

季莲心已经到了，坐在二楼最里边靠窗的位置上，头发拢在脑后绾成一个发髻，穿一件彩色条纹的无袖旗袍，阴天雨地的，季莲心脸容皎洁，托腮望着窗外，活生生是一幅油画，饭店里的广东音乐像是专为了配合她才播放的。

章怀恒问了夏蕙两遍："她是你妈妈？"

季莲心真是年轻啊，皮肤瓷白瓷白的，说她不到三十岁，也不算过分。别说章怀恒吃惊不小，就连夏蕙，那一刻也觉得季莲心相当陌生。

他们三个人一起吃的饭。出乎夏蕙的意料，饭吃得很热烈。季莲心说话并不多，但她总能引出章怀恒的话来。同样让夏蕙没想到的是，章怀恒是个很幽默的人，他的话没什么特别，很认真，很一本正经，但就是让人忍不住要笑。夏蕙想起老夏，他天天说笑话逗老婆女儿开心，但他的笑话没一个好笑的，经常弄得季莲心不耐烦。

季莲心对章怀恒很耐烦，很买账，每次笑，都像花苞似的，先抿着，然后含着，直到最后含不住了，扑哧一声，笑得春光烂漫。她又不是无知少女那种傻笑，而是深谙其味，心领神会的那种笑容，有她坐在对面，不幽默也幽默了，不深刻也深刻了，都酒不醉人人自醉了。

那以后，周末时，章怀恒总是载夏蕙去市里。有时候，他跟她们母女一起吃饭，他花钱很大方，又不张扬，借口去卫生间就把单买了。有时候，他只把夏蕙放到要去的地方，说声“再见”就离开。夏蕙细细地观察，但终究看不出章怀恒的心思，他是因为她才跟她们母女一起的呢？还是因为季莲心而走近自己的呢？或者什么都不为，只是兴之所至？又或者他自己也无法确定什么？

在学校里，关于他们的闲话早就传出来了。女生们看夏蕙的目光颇有些微妙，好像她使了什么手段，给章怀恒下了绊才让他一头栽进她的怀抱似的。季莲心这边虽然没明确说什么，但要是章怀恒不跟她们母女一起吃饭，她也会问夏蕙一句，章怀恒怎么没来？

有的时候夏蕙也迷惑了，她和章怀恒到底是什么关系呢？

几个月以后，章怀恒在电影厂的内部放映厅里请季莲心看了一部电影。事后他跟夏蕙解释说，他觉得那部电影很古典，很适合季莲心看。而季莲心的解释是，她以为章怀恒找她，是要跟她谈夏蕙的事情。两个解释都很简短扼要，两个人都很光明磊落，但夏蕙却无法释怀。她满脑子都是电影院里放电影时暧昧的光线，在那样的光线里面，章怀恒会显得老成深刻，而季莲心则年轻优雅，暧昧的光线会淹没掉他们之间的年龄差距。他们在电影院里肩并肩坐着，胳膊偶尔会碰到，肌肤的短暂接触会在两个人的心里造成怎样的战栗？他们交谈的时候要凑近对方的耳朵才行吧？季莲心的香水用得很高级很女人，幽香阵阵，不信章怀恒不意乱情迷。其实他们根本都不用交谈，光是那种“尽在不言中”的意境，就把什么都表达了。夏蕙还注意到他们都跟她说了看电影的事情，但谁也没告诉她，他们看的是什么电影，什么时间看的电影。夏蕙同样没被告知的是，他们是什么时候交换了电话号码的，他们是第一次联系还是第N次联系，只不过，这次凑巧被夏蕙的大学同学撞见了。

连着几个星期，夏蕙躲着章怀恒，她不搭他的车，也不接他的电话。实际上，电话章怀恒也只打了两次。他并不是那种死乞白赖的人。或者说，夏蕙不值得他死乞白赖。寒假过后，再开学时，夏蕙听说章怀恒去广州了，在一个公司里当副总。

夏蕙照常跟季莲心见面，她不能不见，她们是母女，脐带能剪断，血管里的血能抽光吗？还别说DNA了。

她们谁也不提章怀恒。就像一首诗里说的，章怀恒就像一片云影，偶尔投映在她们周末生活的波心，很快又飘走了。

夏蕙二十八岁时，读博士读到第二年，季莲心对她的恋爱生活是真的操心起来了，她开始挑剔她吃饭拿筷子、喝茶端杯子的动作，给咖啡加糖加奶的手势，走路时要挺胸收腹，眼睛要直视前方，落脚点要大致沿着一条直线；站要站成一棵树，不是松树，而是想象自己是一棵开花的树，坐下的时候腰板要挺直，脸孔要略略抬起来，高兴时，笑声不要太响亮，生气时不能皱眉头，诸如此类，拉里拉杂的一大堆。连续五六个周末，季莲心不上剧院也不喝咖啡，拉着夏蕙逛商场。商场如今闭得都晚，夜里九十点钟才关门，她们吃完饭，还可以逛两三个小时。

季莲心挑衣服的眼光很准，在夏蕙看来眼花缭乱的一堆衣服里面，季莲心一眼就能挑出适合她的。而她常常是在试过衣服后，季莲心跟服务员讲价钱，或者拿着购物小票去付款时，她一件一件打量其他的衣服，才会比较出自己这一套的好来。

季莲心给夏蕙挑了十几套衣服，还有配套的鞋子，几种颜色的内衣，一打一打的丝袜。夏蕙的卡刷得快要空了，衣橱里面却前所未有地丰富起来，都满园春色关不住了。

季莲心还带她去做头发，专找一个叫小丁的人。

小丁以前是最有名的“蓝屋”发廊里的首席大工，后来自立门户，当了老板，他的店面虽然不是很大，但收拾得整洁舒服，见到季莲心，服务员们都很热情地打招呼，叫她莲心姐姐。

小丁三十多岁，个子不高不矮，有点儿水蛇腰，脑袋后面梳着小马尾，冲季莲心很粲然地一笑。

“这个弄完就给你做。”

其他几个坐在长沙发上等的女人怒形于色：“没有先来后到啦?”

小丁扭头冲她们一笑：“莲心姐姐是昨天就预约好的。”他对这些女人的笑容和对季莲心可截然不同，听起来更像是威胁。

那几个女人眼睛里面还是愤怒的，但嘴巴闭上了。

“莲心姐姐以前是评剧皇后。”小丁跟那几个女人说，“八十年代那会儿，我妈是她的粉丝呢。”

长沙发上所有的眼光都朝季莲心看了过来。

八十年代的评剧皇后？还姐姐？

夏蕙打量那些眼光，想笑。

“那些陈芝麻烂谷子的事儿，你说它干吗?”季莲心嗔怪了一句，“今天想让你给夏蕙设计个发型。”

小丁扫了夏蕙一眼，叫来一个女孩子：“给她洗头。”

夏蕙洗好头发回来，小丁已经虚席以待了。刚做完头发的女人觉得自己被匆匆打发了，对着镜子左照右照，问小丁："这样行吗？"

"怎么不行？哪儿不行？"小丁懒洋洋的，话说得软，听着硬。他让夏蕙在椅子上坐好，用两条干毛巾把她的肩上围紧，然后往她身上披罩布，用夹子夹好，一只手伸进她的头发里面，撩着，挑着，揉搓着，他的手指像女人似的修长滑腻，夏蕙脸都快烧着了，小丁抄起吹风机，把一咕噜冷风冲着她吹过去，同时淡淡地解释一句："这样的风不伤头发。"

那个女人照了半天，没挑出哪儿不行。女人走时跟小丁打招呼，他过了半分钟才答了一声。

小丁把夏蕙的头发吹成七分干，两手托住夏蕙的脸，从镜子里面打量她，小丁是单眼皮，眼睛长得细长，盯着人看时，像两个钩子。夏蕙浑身的汗毛都被他盯得竖起来了，她觉得再待一分钟她就要发作了，让这一切都滚蛋吧，她才不想受这份洋罪呢。

小丁松开了手，抄起剪刀，一边跟季莲心聊天，一边给夏蕙剪头发。他们说起一个女人，是个烟仙儿，请她看看时，要带上烟，好坏不拘，给她点上烟后，把问题提出来，她可以通过烟雾的形状看见过去及未来的事情。

小丁说他前几天刚去过。

长沙发上面坐着的几个女人原本看杂志发短信，还有一个偷偷研究季莲心的发型，听见他们的对话，注意力都被吸引过来，他们的谈话刚停顿一下，一大串问题就插了进来，那个女人住在哪里啊？什么事情都能看吗？真有那么准？她怎么个收费法儿？

“那可是个奇人，不给陌生人看，”小丁笑着说，“要不是莲心姐姐先给引见了一下，我连门都进不去的。”

“乱讲。”季莲心说，“是她觉得跟你有缘，要不然，才不会让你给她点烟。”

做完头发从发廊出来，夏蕙问季莲心：“那个女人真有那么神吗？”

“谁知道呢？”季莲心说，“我从来没给自己看过。”

季莲心对夏蕙的改造还是相当成功的，每天都有人对夏蕙说她最近变漂亮了，打听她的衣服从哪儿买的，头发在哪儿弄的，连教授也注意到她的变化，夸她越来越清新了。九月份教授去一个海边城市开研讨会时，本来是带另外两个博士生，其中一个人患了流感，他就让夏蕙补了缺儿。

夏蕙在飞机上，认识了西蒙。

那天她穿了一件白色连衣裙，纯棉的质地，一眼看过去，不过是一条很淑女的裙子，仔细打量才会发现，在棉布上面用白线绣着大朵的牡丹花和龙凤图案，古色古香，手工非常考究。当时打完五折还花了一千八，是季莲心一再坚持，夏蕙才买下来的。

坐在夏蕙身边的西蒙说，你的衣服真漂亮。

夏蕙的脸一下就红了，她说谢谢。

西蒙指着她胸前的玉坠说："玉？"

夏蕙点点头。跟外国人用英语闲聊，和平时在课堂上讲课的感觉完全不同，尤其是西蒙的英语远不及她，夏蕙变得自信起来，她对西蒙说，玉贴着皮肤挂在身上，可以因为每个人不同的血气而变得不同，好的玉挂在适合它的人身上，会变得温润，剔透，晶莹。玉有思想，有灵魂。这块玉原本是她外婆的，她觉得外孙女比女儿更适合它，就留给了自己。

西蒙听得连连点头，管夏蕙叫“玉女郎”。

他介绍自己，是巴黎人，喜欢东方文化，现在是艺术学院的交换学者，一边学中文，一边学国画。他这次去海边，是和几个朋友一起度假。

西蒙给夏蕙留了电话号码，还要了她的手机号码。

下飞机时，西蒙亦步亦趋，跟夏蕙说了好几遍“我会给你打电话的”，他在机场出口处打了辆出租车，坐上去后，冲夏蕙挥手再挥手。

“那个美国帅哥对你一见钟情了？”跟夏蕙同行的博士生逗她。

他是法国人。夏蕙不好意思地解释说，他是对她衣服上的图案感兴趣。

教授仔细打量了一下龙凤呈祥牡丹吐艳，目光落到玉坠上头，感慨了一声：“民族的就是世界的。”

有车来接他们。往市里去的路上，夏蕙一直望着窗外，好像被城市的景色迷住了。实际上，她的眼睛里面，晃荡的全是西蒙的音容笑貌，她有点儿不敢相信在自己的身上会发生这种事情。法国人的审美观点与中国人差距很大吗？还是他们一贯的绅士风度导致他们对女人不管美丑都极尽恭维之能事？又或者他只是兴之所至，跟她逢场作戏？西蒙真的会如他所言给她打电话吗？如果他打了电话呢？她接招还是躲开？夏蕙的身体里面有一团热辣辣的气，像武侠小说里面形容的真气，四处乱窜，不受她的控制。

西蒙的搭讪只是一个开始。在会议上，夏蕙除了待在房间和去洗手间，她再也找不到形单影只的机会。

与会的教授们调侃夏蕙的教授，说他带来个秘密武器。开会的时候，电视台的记者用摄像机对准夏蕙的时间比某些教授时间还长。学报上刊登关于这次会议的消息时，有夏蕙一张很大的照片，她被称为“美女学者”。会议结束后，大家去一个风景区玩，夏蕙几乎成了景点，不时有人过来要求合影。

有一天夜里，夏蕙洗完澡对着镜子打量自己，她看到了一具陌生的身体，光滑、修长、红润、饱满，如此青春，如此健康，充满了生机和活力，适合所有美妙事情的光临，夏蕙忘了上一次认真照镜子是什么时候的事儿了，显然，她的相貌在最近一段时间内有了变化，眉眼依旧，鼻子嘴巴也都是二十多年来看惯的，但在熟悉中间，如今多了一点儿通常贮留在季莲心身上的东西——风情。小荷才露尖尖角，还没多到可以卖弄的程度，也还保持着陌生感、新鲜感，不过，跟夏蕙现在的年纪、状态非常吻合，因此就像一盏灯笼一样，让她从里往外地焕发出光彩来。夏蕙从来不知道自己身上竟然还暗藏着这样的宝藏，就仿佛在他乡异地见到最亲的人那样，眼睛里面充满了泪水。

开会回来的飞机上，同行的博士生先是拐弯抹角地打听她现在跟章怀恒还有没有联系，得到否定的答案后，他约她周末吃饭，"有很多话想跟你说"。

"不行啊，"夏蕙发现，连自己的声音也变得软滑柔顺了，"周末我得陪妈妈吃饭看戏，我爸过世以后，这是我们家雷打不动的规矩。"

雷打不动的规矩因为西蒙而改变。黄金周后的第一个周末，她接到了西蒙的电话，他刚度假回来。

"嘿，我是西蒙。"夏蕙一听到这个歪七扭八的汉语，脑袋立刻变成个万花筒，转个不停，她的心跳得那么厉害，舌头简直变成了风中的纸片儿，抖啊抖的。他约她吃饭，她深呼吸了一下，才说“好吧”。

接完电话夏蕙在图书馆里就坐不住了，匆匆赶回到宿舍，挑衣服挑了一个小时，把衣橱里的衣服试了个遍，她很庆幸前一段时间不惜血本地大量购入，姜还是老的辣啊，看季莲心多有远见，栽好梧桐树，引来金凤凰。舍不得孩子套不来狼，夏蕙胡思乱想着，挑来挑去，最后夏蕙还是觉得季莲心帮她搭配的一套衣服最合适——

通身上下的黑色，坎袖，棉加丝的质地，上衣短而窄，领口和袖口滚着明黄色的边，扣子是手工盘制而成的，小巧的“S”形，下面配阔腿裤，底下一双米黄色的高跟鞋。唯一被她弃置不用的是丝绸手袋，袋口不是拉链，而是用丝绳抽起来的。好看是好看，但她觉得刻意得过分了。

她给季莲心打了个电话，说晚上要跟教授谈事情，不能见面了。然后冒着跟她狭路相逢的危险，去找小丁做头发。

小丁看见她，愣了愣，她自己解释说，是季莲心的女儿。他想起来了，点点头。

弄完头发赶到约定地点，时间有些紧，夏蕙在街上跑了几步，她感觉自己的头发像洗发水广告女郎那样飞舞起来，吸引了很多目光。西蒙已经到了，带着一副惊艳的表情，看着夏蕙朝自己奔过来，伸开双臂抱住了她：“玉女郎。”

夏蕙很不习惯这种亲热，瞬间，全身都僵硬了，也弄不清楚西蒙是真心的呢，还是出于礼貌。“不过，”她想，“管他呢。”整个人跟着放松下来。

在海边待了半个月，西蒙晒黑了，皮肤变成了金棕色，似乎还在散发着热烘烘的气息。他指着她衣服上的盘扣，笑着说：“蕙，你是草本植物，初夏开花，花朵是黄色的，有香气。”

连字典都查过了。夏蕙被西蒙盯着，脑细胞就像煮沸的水，咕嘟咕嘟地冒泡儿。

“你害羞的时候，”西蒙故作神秘地问，“你的玉也会害羞吗？”

“你猜呢？”夏蕙反问，“玉有没有喜怒哀乐？”

在餐馆里，夏蕙主动提出：“我们AA制吧？”

“在中国，AA制意味着距离，是不是？” 西蒙的眼珠是蓝灰色的，像两块宝石，执意要嵌进夏蕙的眼睛里面去，“如果你允许我来付账，我会觉得很荣幸。”

来得太快了，也来得太猛烈了，像一场暴风雨，夏蕙心里嘀咕着，不知道说什么才好，便躲开西蒙的目光低头喝汤，手里的汤勺叮一声，不像敲在瓷碗边，倒像敲在心坎上。

夏蕙跟西蒙交往了两个多月，才带他见季莲心。

季莲心在电话里冷冷地甩出一句：“终于舍得让我看了？”

因为和西蒙谈恋爱，夏蕙推掉了好几次和季莲心的周末之约，她们见面提起这个话题时，除了两个人怎么认识的，关于西蒙，夏蕙对季莲心无话可说。她自己也说不清为什么不能像别的女儿那样，亲昵自然地跟妈妈谈论男朋友，数落他的缺点，感慨他的优点，甚至可以像同谋似的讨论讨论男人的隐私。她就是做不到。不过季莲心也不是一般的母亲，如果说女儿是花朵的话，别的母亲是花旁边的一丛草，息息相通，啰里八唆，蓬头垢面，季莲心不是，根抓在地下，身子却挑了起来，蹿了出去，变成一棵树，对夏蕙而言，她的母爱是一片树荫，有形有状却没有热度，触摸不到，近在咫尺又远隔千里万里。

吃饭的地方是季莲心定的，不知道是不是赌气，餐馆名叫“老妈菜馆”。店新开张，披红挂彩的没度完蜜月呢，优惠多多，人气很旺，有股“所有的人都来吧，让我喂饱你们”的气息。

季莲心已经把位置订好了，是大厅里最好的座位，靠着窗边，两边是盆栽，闹中取静。

服务员说，季小姐打过电话，说晚一会儿到。她给他们沏了茶，茶也是“季小姐”存在吧台的，上好的龙井。

夏蕙说那我们先点菜吧。

服务员说菜也不用点，“季小姐”早都安排好了，只等她一到，就起菜。

夏蕙冲西蒙笑笑，心里疑惑，不知道季莲心要什么花枪，人不在，但处处锋芒。

“你妈妈是什么样的人?”服务员离开后，西蒙问。

“美人。”夏蕙想了想，说。

西蒙轻轻地吹了一声口哨。

从来守时的季莲心那天迟到了二十分钟，还是穿着牛仔裤来的，裤脚塞进一双棕色矮统皮靴里，上身是米色羊绒衫，V字领，镶同色透明花边，头发先梳成一根辫子，然后在脑后绾成一个发髻，背了一个棕色双肩包。季莲心弄得跟女学生似的，更让人跌镜的是，连妆都没怎么化，眼角处有一些皱纹，说来也怪了，倒让她变得更好看了，一张有阅历，有经历的脸，给她的从容大方提供了明确的注脚。

夏蕙下意识地看了一眼自己身上刚买的“木真了”，虽然主体还是黑色，但袖口领口，绿肥红艳，非常热闹。单独看还颇有点儿陈逸飞“浔阳遗韵”的味道，但眼下坐在“老妈菜馆”里面，到处挂着红气球红灯笼，身前是绿油油的盆栽，加上满屋子走动着穿红色锦缎、领口袖口滚金边旗袍的女服务员，她的衣服显得既隆重又俗陋，还有些老气。

季莲心跟西蒙为自己的迟到道歉，然后跟夏蕙解释说，评剧团最近要把《花为媒》重新搬上舞台，这阵子正忙着排练呢，剧团租的排练厅就在菜馆隔壁，所以她就近约了这个地方。

“蕙说你是美人，” 西蒙说着大舌头汉语，拍季莲心马屁，“果然名不虚传。”

“是美人，也迟暮了，”季莲心笑了，斜睨了夏蕙一眼，“连自己的女儿都不待见了。”

西蒙没听懂“迟暮”，扭头问夏蕙“慈母”是什么意思？

夏蕙说是好妈妈的意思。

西蒙连连点头。

季莲心噗地笑出来：“你倒会解释。”

“你们不像母女，”西蒙看看季莲心又看看夏蕙，“像姐妹。”

夏蕙假装没听见西蒙的话，问季莲心：“怎么又排戏了？”

“有钱了就排呗。”季莲心说，“团长一天打八十个电话，并不是非我不可，主要是让我带带新人。”

西蒙示意她们，他也和她们是一伙儿的，谈话时不要把他排除在外。

夏蕙解释了几句。

“你们在排练中国古代歌剧？”西蒙眼前发亮，看着季莲心，“我们可不可以参观？”

小时候，夏蕙看过季莲心演戏。满头珠簪，颤颤悠悠地，在灯光下面闪着夺目的光彩，绣花裙子外面垂着几十条绣花裙带，走动起来，钗环叮当，风摆杨柳。她跟书生在后花园里谈恋爱，亦娇亦嗔，卖弄风情，夏蕙听不大懂唱词，但季莲心嗲声嗲气的唱腔却听得真切，她非常难为情，唯恐别人知道自己是季莲心的女儿，偏偏全世界的人好像都知道她就是季莲心的女儿，在她背后指手画脚，说她们的坏话呢。

不过，在半个足球场大的排练厅里看不见正式演出时的盛况，这里冷冷清清的，木头地板踩上去会发出回音，他们在排练厅中间铺了红色的地毯，脏兮兮的，有舞台大小，地毯上面摆着几把椅子。开始时，他们以为那是给演员们休息时用的，后来发现，椅子的用处远不止如此，房间是它，假山是它，花丛是它，大树是它，镜子是它，花轿、喜床、红烛都是它。

季莲心在腰上系了一条红绸带，有时当水袖，有时当裙摆，有时当罗帕。她穿得那么休闲现代，跟那个男女相悦的古代故事毫不沾边，可这根绸带往她的腰间一系，她跟这个红地毯象征的舞台关系一下子变得协调了，人也跟着摇身一变，变得亦古亦今、一脚戏里一脚戏外了。

季莲心袅袅娜娜，拧着腰肢迈着碎步在前面走，一个二十刚出头的小姑娘一招一式地跟在后面学。

“爱花的人，惜花护花把花养，恨花的人，厌花骂花把花伤——”季莲心的嗓子仍然清亮，姿态也漂亮。比夏蕙小时候在舞台上看到的季莲心，更加漂亮。那时候她小，觉得戏曲五彩缤纷，光芒万丈，又咿咿呀呀，无病呻吟。戏文内容全是男女相悦，很让人羞耻的。这几年夏蕙跟着季莲心看了几十场戏，对舞台艺术的欣赏能力大为提升，就像吃菜一样，不仅吃出了味道，还吃出了奥妙。在新的眼光下，夏蕙发现季莲心是个好演员，一招一式，一颦一笑，非常生动。

“太棒了！”西蒙不见得懂戏，但仿佛小孩子进入了糖果世界，欢呼雀跃，好不开心。他亦步亦趋地跟着季莲心，举着数码相机不停地拍照。

夏蕙觉得西蒙的好奇无礼而粗暴，打扰了剧团的排练。但季莲心却没有任何表示，就仿佛她是个大明星，早就习惯了狗仔队无孔不入的追逐，非但不生气，还很享受这种干扰。其他人开始时有些不大习惯，用各种眼光打量着这个侵入者，但过了一会儿他们好像都适应了。这个外国小伙子是冲着季莲心来的，季莲心不觉得别扭，别人又何必多事？导演是个年轻人，一口一个“季老师”，谦逊得不得了。跟季莲心学戏的年轻女孩，眼睛更是只盯着“季老师”，仔细看她做分解动作，或者听她分析某一句唱腔，女孩子穿了一件棒针毛衣，松松垮垮的，腰上没有绸带，做动作时，有点儿笨笨磕磕的，不像古代小姐，十足一个当代小保姆。

“你妈妈像蛇一样美。”西蒙汗津津地走到夏蕙旁边，从她身后的窗台上拿起自己的饮料喝了一大口。

夏蕙倚在窗台上，望着外面，夕阳就在眼前，一小团，很鲜艳，在淡青转灰的天空上，就像古典爱情故事中，痴情的女子失恋后吐在罗帕上的一口血。听见西蒙的话，她回头看了一眼季莲心，她先是走了一个连环步，然后定住，摆了个姿势，然后全身放松下来，示意着那个跟她学戏的年轻女孩子跟着她做。女孩子重复了一遍，季莲心才接着刚才的动作，且唱且动，她扭动腰肢，整个身体慢慢翻转，手臂的动作像生长中的藤蔓，确实蛇里蛇气的。

“很多男人都爱她，对不对？”西蒙的眼睛没离开季莲心。

夏蕙觉得那不是个问句，而是个陈述句。

这时轮到年轻的女演员唱，想不到那么美妙的声音竟是活在那样一个身体里面的，字正腔圆，婉转真切，清亮如山中流泉。虽不如季莲心那么韵味浓郁，但夏蕙觉得她天真烂漫，更适合剧情里的怀春的女主角。季莲心年纪太大，和男主角调情调得黏黏糊糊的，风尘味太重。

西蒙喝了半瓶水，待女演员唱完，他又回到季莲心的身边。跟夏蕙，连句话都没有。

夏蕙想，如果这会儿她走开，没有人会注意到的。

可是去哪儿呢？

在冷清的排练厅里，外面街道上人声车声仍然能隐约传进来，季莲心、西蒙，导演、演员以及几位琴师，对这些声音都充耳不闻，于是这些声音一股脑儿地涌进了夏蕙的耳朵里面，积少成多，越来越响，先是变成一辆醉鬼驾驶的车，横冲直撞，再接下来，十个一百个一千个无数个醉鬼，都驾车在夏蕙的脑袋里面转，还不停地按喇叭，她的脑血管快被这些声音弄炸了。

他们离开排练厅时，天早就黑透了。“老妈菜馆”仍然灯火辉煌，从窗子望进去，还有几桌客人推杯换盏，言笑晏晏。

西蒙要送季莲心回家，她说不麻烦他了，评剧团有个小面包车接送排练的演员，他只要把夏蕙送回学校就行了。

“要不要喝咖啡？”西蒙依依不舍的劲头就像当初在机场上跟夏蕙分开时一样。

“改天吧。”季莲心冲西蒙摆了摆手，用手指碰了碰夏蕙的脸颊，道了声再见，上车走了。

他们看着车子开走，车尾灯从红灯笼变成两个火柴头大小的红点儿，消失在夜晚的车河里。夏蕙觉得，西蒙就像一块燃烧充分的木炭，随着季莲心的离去，他的热情一点点地冷却下来，她身边站着的，不再是那个热爱中国文化的巴黎青年，而是一柱炭灰。

“我送你回学校？”西蒙问。

“不用了，你先回去吧。”夏蕙走上人行道，道路两边是一家接一家的店铺，餐馆占了一半，另外还有特色经营的服饰店，小咖啡馆，音像商店，席殊书屋等等，从店铺里扑洒出来不同颜色和形状的灯光，照在路上，一块一块，补丁似的，夏蕙在光影中间打量自己身上的衣服，既华丽又阴沉，怎么看怎么像丧服。

西蒙跟着她走了一会儿，快到十字街口了，终于忍不住问：“怎么了？蕙？”

“没怎么。”夏蕙没看西蒙，盯着十字路口，车如流水马如龙。

“我不知道哪儿出了问题，”西蒙看出她不高兴了，犹犹豫豫地说，“这不是一个美好的夜晚吗？”

这是一个美好的夜晚吗？夏蕙鼻子发酸。去吃饭之前一切还好好的，西蒙搂着她，一刻不愿放松，惹来好多好奇的眼光，弄得她相当尴尬，现在她希望他对她亲热了，他却把手抄进了裤兜里。

夏蕙看见不远处有一家咖啡馆时：“我想自己待一会儿。”

西蒙沉默了一会儿，说：“好吧。”他伸手打了一辆出租车，坐了上去。

“再见。”他冲夏蕙招了招手。

门是木头的，很沉，像棺材板。咖啡馆里面暖烘烘的，在晦暗不明的光线中，煮咖啡和烤面包的香味儿、烟草的气息、客人身上的香水味糅杂在一起，在纠缠不清中间各自比拼。

“或许是自己太敏感了，”加了足量砂糖和牛奶的热咖啡，在口腔和胃肠里面给夏蕙做了一次按摩，她的情绪像个攥紧的拳头，慢慢地松开来。对于西蒙所迷恋的东方文化，季莲心是一个活化石。他并不是对她本人感兴趣，而是对她身上所负载的文化感兴趣。

“太沉不住气了。”夏蕙有些后悔，如果西蒙发现她跟自己的妈妈争风吃醋，会怎么想？她看见服务员送了一瓶红酒到旁边桌上，那里是一对情侣。

“我要不要也来一瓶红酒呢？”夏蕙看了一眼自己的衣服，这套衣服真是太不对劲儿了，午夜时分拎着红酒去找男朋友的女郎应该穿吊带裙，或者，像季莲心穿的那身衣服，随意而亲切。

夏蕙望着那对浅酌低语、眉目传情的情侣，思绪无法从那瓶红酒上面离开，就这么去又怎么了？西蒙喜欢的不就是她身上的东方气质吗？如果刚才她的头脑够冷静的话，她就该邀请西蒙一起进来，喝杯咖啡，再喝瓶红酒，聊聊季莲心的戏曲和那块破红地毯象征的舞台，聊聊在后花园里眉目传情的书生小姐，再聊聊他们自己，这不是一个美好的夜晚吗？西蒙问她。她说，当然，这是一个美好的夜晚。

西蒙住在外国专家公寓。这个公寓还是“文革”前政府部门为援华的苏联专家盖的，建筑上面动了些心思，东西两栋四层楼是俄罗斯风格，庭院却是中国古典样式，有月亮门，有树有花有凉亭，一棵银杏树下面有一个特别大的缸，里面养着金鱼。冷眼一看不伦不类的，但看熟了，又觉得舒服。

公寓里住的人员早就杂了，现在大部分是教师住在这里。各种国籍，不同肤色，像小联合国。西蒙的左边房间住着一个日本男人，头发白了一半，总是彬彬有礼，右边房间是个和他年龄相仿的巴西小伙子，走路也像在跳舞。西蒙说他是派对动物，他在家的时候，派对也跟着他在家，他不在家的话，一定在某个派对里。

夏蕙听见巴西小伙子房间里的音乐声，热情，欢快，她的心情也变得愉快起来，敲门时用了很大的力量。西蒙好像刚洗过澡，打开门时，一股暖湿的气息夹杂着洗浴用品的香味儿扑面而来，他的眼珠，像北方秋季傍晚时分的天色，这时也仿佛雨后似的湿漉漉的，一阵柔情涌上了夏蕙的心头，她凑过去在他嘴唇上亲了一下，还把手里的红酒举起来。

“周末的夜晚才刚刚开始呢。”夏蕙说。

西蒙的脸上现出灿烂的笑容，将她拉进了房间里。看见她又变得开心起来，他好像也很开心。

“看我在干吗？”他拉着她的手，把她带到电脑前面。

西蒙说了句什么，但夏蕙没听清楚，她坐在电脑椅上，眼睛盯着屏幕。那上面有季莲心的一个面部特写，身体向前，头朝后扭过来，媚眼如丝；夏蕙抓住鼠标，转到下一页，季莲心的正面，直视着夏蕙；再往后，是季莲心的全身，两手拎着绸带，一手拧在腰上，另一只手斜伸了出去；这个动作是连续拍下来的，七八张照片，体现出她走一个碎步的过程；再往下，是季莲心手部的特写，手指纤细修长，像伸出去要求什么，又仿佛要拒绝什么。

夏蕙觉得自己被带到了南极，刚刚弥漫在眼底的温暖、咸湿，转眼变成冰霜，变成了冰块。

原来季莲心并没有上车离开，她躲藏在照相机里，跟着西蒙回到了公寓，比夏蕙更早一步，也以更亲密无间的方式在跟他交流。

西蒙见她久久不动，替她翻到下一页，是季莲心在纠正学戏的女孩子的手势，夏蕙把鼠标拿过来，又翻回到那个手部的特写，细嫩的手，比她的手还要年轻，像花朵一样娇美，食指上戴了个钻戒，不小的一块钻石呢，镶在一个托儿上，没有一点点花哨，更突出了那颗钻石的价值。

她哪儿来这么多钱？男人送的，还是老夏的抚恤金？

“很美是吗？” 西蒙一边说，一边又往下面翻去。

“很美，但是——”

“什么？”

夏蕙盯着屏幕上面不断变换的季莲心，各种各样的季莲心，沉默了一会儿："她是个不幸的女人。"

"不幸?"西蒙看着夏蕙，"为什么?"

"因为所有和她有关的男人，都会变得不幸。"夏蕙说，"没有人说得清那是为什么，就像一个咒语。我父亲几年前死于一场车祸，在我父亲死亡以前，一个男人因为无望的爱情为她自杀过，在我父亲死后，还有一个男人，原本好好的，跟她交往了不到半年，得了肺癌，死的时候就剩下一把骨头。中国有一句话，叫红颜祸水。意思是说，美貌是和灾难联系在一起的。不是所有的女人都如此，但有一部分女人，总难免会给爱上她们的男人们带来不幸。"

"上帝啊——"西蒙怔怔地看着夏蕙，蓝灰色的眼珠在电脑屏幕的光影中闪闪发亮。

连着三天，西蒙一个电话也没有。夏蕙怕错过他的电话，时时注意保持自己的手机处于开机状态。第四天，夏蕙给西蒙打了个电话。

电话接起来的速度非常快，西蒙用中文说："你好!"

夏蕙沉默了一下，用英语问他："怎么一下子改说汉语了?”

“这是在中国啊,”西蒙说,“讲中文不是更合适吗?”

“可你以前跟我一直说英语的。” 夏蕙强调。

“那是因为,” 西蒙笑着说,“你不肯教我汉语啊。”

“你的意思是,现在有人教你汉语吗?”

“蕙,”西蒙笑了,“你说话像玉一样硬。”

“玉并不硬。” 夏蕙想说,“玉是有血肉的石头,玉很容易被伤害。”

“你有时间吗?” 夏蕙问,“我们一起吃晚餐?”

“有个派对,” 西蒙犹豫了一下,说,“你想参加吗?”

“好啊。”夏蕙说。

西蒙说了时间、地点,放下电话,夏蕙才发现自己忘了问他派对的主题,但也许这是个没有主题的派对呢,只是聚聚,聊聊,天南海北的人,天南海北的话题。夏蕙翻柜子把牛仔裤翻了出来,黑色的,裤脚有点儿小喇叭,上面配黑毛衣,黑底有银色条纹的运动鞋是内增高的,把她的腿衬得格外长,她背的是一个大大的银色的包，既提亮了那一身黑色，又显得很潇洒。为了让眉眼醒目些，夏蕙还照着《时尚》杂志上面的美容模特儿给自己化了个淡妆。

夏蕙故意去得稍晚了些，时间不长，也就迟到了十来分钟。还是季莲心以前闲聊时说过的，派对这东西，就像某件奢侈品，太当回事儿，人会显得傻兮兮的，也不能太不当回事儿，态度轻慢的结果会被看成是暴发户。

她进门后先看到墙上的投影电影，有小剧场银幕那么大，影像相当清晰，放的是王家卫的《花样年华》。

一只手从后面搂过来，挡在了夏蕙的眼前，西蒙的口腔里散发着葡萄酒醇厚甜美的气息："给你个惊喜！"

夏蕙笑了，她的身体在西蒙的怀抱里像出壳的蜗牛，柔软、娇嗲、慵懒，她任由他领着，在人群中穿过去，来到一个角落，她猜想他会把她当成一瓶红酒，把自己变成一个瓶塞堵住她的嘴，就像以前曾经发生过的那样。虽然夏蕙的情感阅历乏善可陈，但仍然能体会出西蒙是个接吻高手。

"准备好了吗？"西蒙低声问。

夏蕙从嗓子眼儿里咕哝了一声。

西蒙拿掉了挡在夏蕙面前的手，季莲心穿了一件露臂的黑丝绒旗袍，身上披着一条黑色中夹金线的披巾，头发绾在脑后面，插了一根古色古香的金簪，似笑非笑地看着他们。

夏蕙有一阵恍惚，她觉得那不是季莲心，而是一幅油画，或者那不是油画，是《花样年华》里的张曼玉，再或者，这是一个梦，她只要掐自己一把，季莲心就会消失。

“西蒙一定要我来，” 季莲心微笑着说，“一次次地去找我，弄得我们都无法排练了。”

西蒙笑眯眯地看着她们，夏蕙不知道他是听懂了，还是听不懂。后来他去为她们取饮料，“你们相处得怎么样?”季莲心问。

“你们呢?”夏蕙反问。

“我压根儿听不懂他叽里呱啦地说些什么。”季莲心说，“他非常烦人。”

她称西蒙为“他”，还说他“非常烦人”，那么自然而然，那么理直气壮。从她嘴里吐出来的字儿就像病菌，被夏蕙吸进了肺里，迅速地蔓延起来，全身发起高烧来，身体热得要命，头却是冷的，嘴巴里面泛出苦味儿，吐不出又咽不下。她们站在窗户旁边，天一黑，窗户就变成了镜子，夏蕙在家里左照右照怎么看怎么顺眼的打扮，到了季莲心身边就变了，又土气又便宜，扭捏做作，粗枝大叶，连带着她这个人，也变得笨拙粗糙起来。

一个男人过来，做了个邀舞的动作。季莲心笑笑，跟着他走了。

西蒙手里握着两杯橘子汁，往她们这边走时被一个金发女人拦住说话，季莲心和那个男人一进入舞池，他的眼光立刻跟了过去。那个金发女人顺着他的目光，也转头看着季莲心，夏蕙往周围看看，发现很多人都注视着季莲心，在《花样年华》的背景下面，她比张曼玉还张曼玉。

夏蕙离开派对时，西蒙正拥着季莲心跳慢舞，灯光被调暗了，即使灯光明亮，她想也没有人注意到，或者关心到她是走是留。从楼里出来，有一段路被高大的围墙完全遮蔽了，墨黑墨黑，夏蕙走在路上，觉得自己浑身上下，里里外外都被这墨黑浸透了，只有心是红的，像个戴红色拳击手套的拳头，一下一下，把她往死里地打。

钥匙是几年前季莲心刚搬家时给她的，当时还挺郑重其事的，好像这个新家跟夏蕙有什么关系似的。

把钥匙插进锁孔的瞬间，夏蕙最后一次试图劝服自己："为了一个男人，值得吗?"

不是为了一个男人。夏蕙听见身体里有个小声音说，这也是你的家啊，谁也没有权利阻止你回家。

她扭动钥匙，锁咔的一声打开了。

屋里很静，窗子是西朝阳，阳光从窗子射进来，照在客厅的茶几上面，一只细颈玻璃瓶里面，插着三枝鸢尾花。从形状上看起来，像在咿咿呀呀唱戏的花。丝绒面料的长沙发颜色和鸢尾花的紫色有些相近，后面的白墙上面，挂着十几个大小不一的相框，都是季莲心的演出剧照。

沙发对面是一个矮柜，上面有电视机，音响，几十本书以及几件工艺品。

厨房和客厅是连着的，料理台上面摆着很大的果盘，里面装满了水果，苹果、奇异果、梨、山楂、脐橙，色彩缤纷，不像买来吃的，倒像专门为了装饰房间的摆设。果盘后面摆着十几瓶酒，高矮胖瘦，各种瓶子各种酒。一打高脚杯洋派地吊在一个架子上面。

厨房连着一个不小的阳台，被设计成了小会客室，和客厅长沙发配套的两个单人沙发被摆在这里，中间隔着个小茶几。阳台左边角落里面摆着一个瓷缸，里面种着一株很大的滴水观音，右边正对着窗口的地方，吊着一个风铃，十几个木片，上面画着京剧脸谱。夏蕙在沙发上坐下，伸了伸腰，不难想象天黑后这里发生的事情，喝酒，赏月，听风铃，谈谈“今宵酒醒何处”。

季莲心的床很大，窗帘和床罩也是丝绒的，和沙发一样的紫色，床头柜上面摆着一束香水百合，香气浓得让人打喷嚏，和夕阳融为暧昧的一团。转过一个画着水描金黑框，图案是龙凤呈祥的大屏风，里面黑乎乎的，地软得差点儿让夏蕙跌了一跤。她在墙上摸了半天，摸到电灯开关，打开灯，吓了一跳，除了屏风以外，四面都是架子，里面挂满了衣服：套装、衬衣、裙子、长裤、针织衫、风衣、大衣、旗袍，牛仔裤最少也有十几条，鞋子差不多有五六十双，皮包足有一百多个，把一个三层架子塞得满满的，丝巾帽子之类的也有上百件，内衣全是成套的，密密麻麻地挂在一起。这些东西已经不是“衣橱”能装得下的，而是“仓库”。几面架子中间，除了两个立式的穿衣镜，还有个大梳妆台，上面摆着梳妆镜和各种护肤品、化妆品。

原来老夏的抚恤金没放在银行，放在这里了。

夏蕙跟老夏的最后一面是在尸体中心见的，老夏躺在一个抽屉里面，穿着他结婚时买的一套灰色中山装，衣服瘦了，紧紧地绷在他身上，看起来有点儿滑稽。他的脸被整理过，但头部的伤口仍然能看出来，要是活着，老夏会试图把自己的伤口讲成一个笑话，但现在他无能为力了，只能拉着脸任人摆布，看上去既悲哀又沮丧，还很无助。

夏蕙从尸体中心出来，看见季莲心在跟老夏单位的领导说话，她穿了一身黑套装，戴了一顶黑帽子，很合体，很漂亮，很有气质，她的忧伤就这么简洁高效地被这套装扮概括、归纳了。那位领导似乎是个很心疼女人的男人，一个劲儿地劝季莲心节哀顺变，在夏蕙看来，就好像他在劝她把衣服脱掉一样。

夏蕙是让钥匙在锁孔里转动时发出的咔嚓嚓咔嚓嚓的声音惊醒的，她不知道自己怎么会坐在梳妆台前面的椅子上睡着了。她跳起来，到屏风后面关掉灯。地毯非常厚，人走在上面，一点儿声音也没有。

进来的是两个人。在门后面缠绵了一会儿，才挪到卧室里来。

西蒙说了几句法语，开了床头灯，灯光很暗，是淡淡的粉色，季莲心的脸孔在这种光线里面显得分外娇嫩，宛若香水百合的花瓣。

灯光也把屏风后面变得更黑暗，夏蕙站在那里，脚开始长出根须，穿透地毯和地板，在下面的水泥地里纵横蔓延，她的眼睛没瞎，但她看不清那两个人的面目，她的耳朵也没聋，但听不清他们嘴里喃喃低语些什么，她的鼻腔被香水百合的香气毒死了，再也闻不到其他的气息。

夏蕙变成了一个植物人，慢慢地，又变成了一个死人。浑身冰凉，像躺在抽屉里面的老夏。对啊，老夏，他肯定也有过这种经历吧，怪不得这么多年来，他从来没有任何朋友。谁会和他做朋友呢？他的男朋友谁能抵挡住季莲心的魅力，他的女朋友里谁能比得上季莲心哪怕一个手指头？

红颜祸水，真是一点儿不错。

老夏不是被车撞死的，是被季莲心这潭祸水淹死的。

夏蕙坐在阳台的沙发上，从厨房里拿了一瓶葡萄酒，一只高脚杯。

夜色如铁，冰冷，坚硬，像一副盔甲套在身上。从一扇打开的窗子吹进来的风，拳打脚踢地往夏蕙身上招呼，弄得风铃惊叫着抖成一团。不过，夏蕙才不在乎，酒像一柱温热的血从口腔流进她的胃里，又随着胃的蠕动，渗透进血液，酒和血融为一体，酒像火，让血温暖起来，进而，燃烧起来。

她曾经带西蒙去一家餐馆吃过一道菜，说白了，就是拔丝雪糕，但餐馆里起了个特别的名字——世态。她觉得自己现在也像一道菜，只不过，跟“世态”刚好相反。

夏蕙喝完了一瓶，又拿了一瓶。酒起子不像起上一瓶时那么好用，有些滑手，她费了好大的劲儿才把塞子嘭的一声拔出来。

“西蒙?”从卧室里传出季莲心丝带一般的声音。

夏蕙把酒倒进杯里，洒了一些，淋淋漓漓地洒在茶几上。

“西蒙?” 季莲心穿了一件睡衣，走了过来，见到夏蕙，一下子停住脚步。

夏蕙笑：“他走了半天了。”

季莲心沉默了一会儿，说：“你对风那么坐着，会感冒的。”

夏蕙咯咯咯地笑起来，笑得浑身发抖，像抽筋儿似的。

季莲心走过去要关窗子，她抓住了她的手：“别关。”

季莲心看了她一眼，停下手，把自己睡衣带子系紧了。

“喝一杯吗?” 夏蕙问，“很暖和。”

季莲心自己拿了个杯子，倒了半杯酒。

“不好意思，”夏蕙举起自己的杯子喝了一口，笑嘻嘻地说，“我看见你们上床了。”

季莲心没说话。

“你身材真好，技术就更不用说了。看你们俩，”夏蕙比画了一下，“比看那种片子还过瘾呢。”

“西蒙不是结婚的对象。”季莲心不动声色，就像在说别人的事情，“他看上去真诚热情，骨子里却是个花花公子。”

“跟你很配是不是？”夏蕙说，“你看上去像大家闺秀，骨子里其实是个妓女。”

季莲心转身要走，被夏蕙拦住了。你看，夏蕙想，从老夏身上继承的粗大骨架并非没有用处。

“怎么了？做都做了，怕人说？”夏蕙发觉她控制不住自己，就是想笑，“你跟章怀恒也有一腿吧？他和西蒙比谁更出色？东邪还是西毒？”

“夏蕙，”季莲心温和地说，“你喝太多了，有话我们明天讲，好不好？”

“不好。”夏蕙说，“你跟多少男人睡过？我爸有多少次像我今天这样，大饱眼福？”

季莲心给了夏蕙一耳光。

夏蕙愣怔了一会儿，转了个方向凑过去，“还有这边脸呢。”

“给你一点儿教训也是应该的，”季莲心不客气地扬手又打了一巴掌，“不是我抢了你的男人，而是你的男人抛弃了你。你要找原因，不是到别人家里当小偷，而是应该回家照镜子。”

夏蕙把另一边脸又转向季莲心。眼泪从她的眼睛里面流出来，她却一直笑着，朝季莲心挨挤过去，她的脑子被两个人的思想占据着，一个是她自己，另一个是老夏。

“你闹够了没——”季莲心的声音还努力保持平静，但脸色突然变了。

多有意思。夏蕙想，季莲心终于发现她跟老夏在一起了。从夏蕙的五官、身材、表情里面，老夏活回来了。一反往常的窝囊相儿，变得锋利，尖锐了，就像二十八年前的某个夜晚，这天夜里，老夏再一次变成侵略者，不过，这次不是身体，而是一把刀。

季莲心嘴唇、指尖、全身，都在哆嗦着，她过了差不多一分钟才低头朝自己的腰部看去，那把漂亮的水果刀原本摆在操作台上，血像一朵花苞，沿着刀口缓慢地开放。

夏蕙摇摇晃晃地往门口走，手握着门把手，她觉得自己应该再说点儿什么，想了半天，她问季莲心：“你不，换件衣服吗？”